DREAMBOOKS

DREAMBOOKS★

DREAMBOOKS

DREAMBOOKS

장담 신무협 장편소설

강호제일협사

江湖第一俠士

ORIENTAL FANTASY STORY & ADVENTURE

1

살수유정(殺手有情)

강호제일 해결사 1 살수유정(殺手有情)

초판 1쇄 인쇄 2014년 5월 16일
초판 1쇄 발행 2014년 5월 23일

지은이 장담
발행인 오영배
기획 박성인
책임편집 정성호

펴낸 곳 (주)삼양출판사 · 드림북스
주소 서울특별시 강북구 솔샘로67길 92
대표 전화 02-980-2112 **팩스** / 02-983-0660
블로그 blog.naver.com/dreambookss
출판등록 1999년 3월 11일 제9-00046호

ISBN 979-11-313-0016-9 (04810) / 979-11-313-0015-2 (세트)

• 이 도서의 국립중앙도서관 출판시도서목록(CIP)은 서지정보유통지원시스템홈페이지(http://seoji.nl.go.kr)와 국가자료공동목록시스템(http://www.nl.go.kr/kolisnet)에서 이용하실 수 있습니다. (CIP제어번호: 2014014921)

강호제일해결사

江湖第一解決士

장담 신무협 장편소설

ORIENTAL FANTASY STORY & ADVENTURE

1

살수유정(殺手有情)

dream books
드림북스

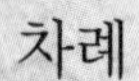

차례

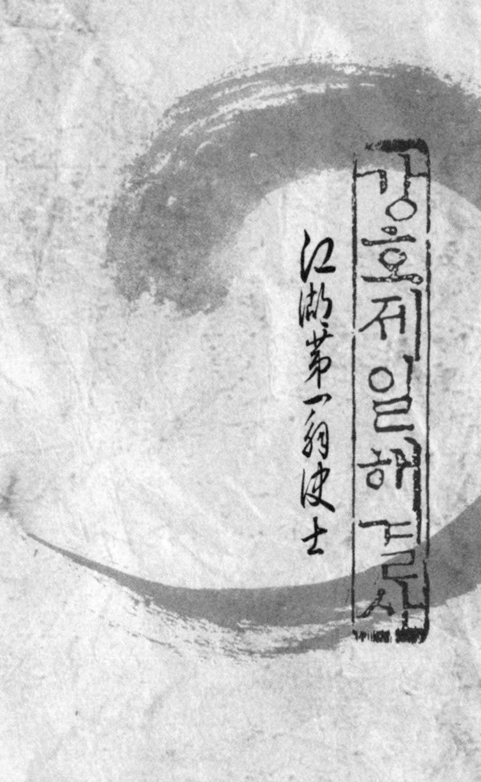
강호졔일협ᄉᆞ
江湖第一俠士

序

"죽여라. 어서!"

사부가 차갑게 소리쳤다.

하지만 나는 기둥에 묶여 있는 자를 죽일 수 없었다.

공포에 질린 그자의 두 눈에는 간절함이 가득했다. 그 눈과 마주치자 손이 잘게 떨렸다.

"뭐하느냐! 어서 죽이라니까!"

사부는 화가 난 듯 더욱 거세게 다그쳤다. 여차하면 내 목이라도 칠 것 같았다. 병이 깊어져서 그럴 기운이 없다는 게 얼마나 다행인지…….

어쨌든 사부가 다그치자, 나는 이를 악물고 한 자 길이의 비수를 뺀었다.

그러나 비수는 옷을 뚫고 살에 살짝 흔적을 남긴 다음 멈춰 버렸고, 손의 떨림은 더욱 심해졌다.

"이런 병신 같은 놈!"

끝내 사부가 욕을 퍼부었다.

나는 사부를 이해했다.

벌써 세 번이나 살인관(殺人關)을 통과하지 못했다. 명색이 천하제일 살수의 제자라는 놈이.

욕을 먹어도 쌌다.

"살수가 되려면 단정(斷情)의 무심(無心)이 있어야 한다! 그런데 사람도 못 죽이는 놈이 어떻게 임무를 수행할 수 있단 말이냐? 너 같은 바보 멍청이를 후계자로 키운 내가 미친놈이지!"

그래도 계속 욕을 들으니 기분이 상했다.

천재를 제자로 맞이했다며 기뻐할 때는 언제고!

그래서 정말 오랜만에 반항을 했다.

"사부님이 살수라고 해서 저도 꼭 살수가 될 필요는 없잖습니까?"

"뭐야? 이놈이 지금 어디서 감히 사부의 말에 토를 달아!"

화가 무척 난 듯 사부의 얼굴이 붉어졌다.

그래도 물러서지 않았다.

언젠가는 부딪쳐야 할 일. 말을 꺼낸 김에 끝장을 볼 생각이었다.

"비천문(秘天門) 살천류(殺天流)가 원래부터 살수문파는 아니었잖습니까?"

그 말에는 사부도 대꾸를 못 했다.

사실이 그랬으니까.

나는 더욱더 거세게 공세를 취했다.

"유파(流派)의 이름에 '살' 자가 들어갔다고 해서 살수가 되라는 법이라도 있습니까?"

사문인 비천문에는 다섯 유파가 있다. 사부와 나는 그중 살천류의 제자였다.

그런데 살천류는 이름만 으스스할 뿐 본래 살수문파가 아니었다.

"이, 이 죽일 놈이……!"

이를 악물고 노려보는 사부의 몸이 부르르 떨렸다.

극도로 화가 난 듯했다.

하지만 두려울 것은 없었다. 사부는 병이 깊어져서 움직이는 것도 힘들었으니까.

사실 그래서 대들 수도 있었던 것이다. 일 년 전이었다면 맞아죽을까 봐 대들 생각은 꿈도 못 꾸었겠지만.

"살수 짓을 안 해도 먹고살 방법은 많습니다. 그러니 걱정 마십쇼."

"이놈아! 누가 먹고살기 위해서 살수가 된 줄 아느냐!"

"그럼 뭡니까? 사람 죽이는 게 재미있어서 살수가 되신 겁니까?"

"어떤 미친놈이 재미있어서 살수가 된단 말이냐!"

"그럼 멋있을 것 같아서 살수가 되셨습니까?"

그 말에 사부는 입을 꾹 다문 채 말을 못 했다.

'뭐야, 사실인 거야?'

어이가 없었다. 멋으로 살수를 되다니.

사부는 정곡을 찔렸는지 고개를 홱 돌렸다.

"좌우간! 단정(斷情)의 무심(無心)을 얻기 전에는 어디 가서 암천살객(暗天殺客)의 제자라는 말을 입 밖에도 꺼내지 마라!"

어쨌든 그날 이후로 사부는 더 이상 나에게 사람 죽이는 연습을 시키지 않았다.

살수 수업도 중단했고.

삼류살수(三流殺手)도 되지 못할 놈에게는 더 가르칠 것도 없다면서.

그리고 고질병에 화병이 더해져서 속으로만 끙끙 앓다가 석 달 열흘 만에 돌아가셨다.

적어도 일 년은 더 사실 줄 알았는데.

나는 사부의 죽음을 대하고 눈물을 딱 두 방울 흘렸다. 양쪽 눈에 한 방울씩.

그동안 그렇게 가르침 받았으니까. 억지로라도 눈물을 흘릴 만큼 슬프다는 마음도 들지 않았고.

솔직히 그때만 해도 애정보다는 증오의 마음이 더 컸었다.

그럴 수밖에 없었다.

내가 사부를 만난 것은 열한 살 때였다.

그때 나는 기루에 얹혀살고 있었다. 여섯 살 때 어머니가 돌아가신 후 혼자 남은 어린 나를 자식처럼 키워준 분은 도도 누나였다.

내가 여섯 살이었을 당시 스무 살이 겨우 넘은 도도 누나는 나 때문에 오해도 많이 받았다. 나를 누나의 진짜 아들로 아는 사람들이 많았으니까.

그 바람에 기루의 주인어른은 도도 누나를 많이 구박했다. 그래도 도도 누나는 슬퍼하지 않고 항상 나를 감쌌다.

어머니는 나 때문에 돈을 벌지 못했다며 짜증을 많이 냈었는데……. 가끔은 때리기도 했고.

나는 마음씨 고운 도도 누나가 나 때문에 오해를 받는 게 싫었다. 너무나 미안했다. 그래서 손님이 오는 점심 이후만 되면 밤이 될 때까지 밖에 나가 놀았다.

그런데 세월이 흘러 열한 살이 된 어느 날, 강가에서 만난 사부가 멋진 무공을 가르쳐 준다면서 어린 나를 꾀었다.

기루에서 멋진 무사들을 자주 봤던 나는 가슴이 뛰었다.

무공을 익히면 도도 누나에게 도움이 되어 줄 수 있을 거야! 나쁜 놈들이 도도 누나를 괴롭히면 내가 혼내 줘야지!

어린 마음에 큰 뜻을 품은 나는 사부를 따라가기로 결정했다.

도도 누나에게는 말하지 않았다. 사내 나이 열 살이 넘었으니 그 정도 결정은 혼자 내려도 될 거라 생각했으니까. 나중에 놀라게 해 주려는 마음도 있었고.

그런데 운해곡(雲海谷)으로 데려온 사부는 무공을 가르쳐 준다면서 죽어라고 고생만 시켰다.

그동안 지옥 구경을 몇 번이나 했고, 죽음의 위기도 몇 번이나 겪었다. 지금도 몸에는 그때의 흔적이 고스란히 남아 있었다.

긁히고, 찢기고, 터지고, 부서진 흔적들이.

그 기간이 무려 구 년이다.

고운 정보다는 미운 정이 더 깊게 새겨진 애증의 세월.

눈물이 말라 버리고도 남을 시간.

나는 사부를 묻어 준 후 간단히 짐을 싸서 운해곡을 나섰다. 그곳에는 하루도 더 있고 싶지 않았다. 생각도 하기 싫었고, 그곳을 향해선 오줌도 싸기 싫었다.

그때만 해도 나는 내가 그곳으로 다시 돌아갈 거라는 생각을 눈곱만큼도 하지 않았다.

아무래도 세상을 너무 얕본 것 같았다.

지옥보다 더 요지경인 곳이 인간세상이거늘.

第一章

첫 번째 살인청부

반달이 유난하게 붉은빛으로 빛나던 밤.

사운평은 삼 장 높이의 나무 위에 앉아서 풀잎을 질겅질겅 씹었다.

저만치, 반쯤 열린 창문 사이로 목표물이 등을 보인 채 자수를 놓고 있는 게 보였다.

그는 한가하게 자수나 놓고 있는 여인이 한심하기만 했다.

'쯔쯔쯔, 동생이 저 죽여 달라고 하는 판에 자수는 무슨…….'

정주의 뒷골목인 삼구통(三九通) 사람들도 그를 볼 때마다 한심하다는 말을 자주 했다.

스무 살 젊은 놈이 기루에 빌붙어 산다며 눈을 흘기는 건 예사고, 심지어는 술에 취해서 부모 욕까지 하는 놈도 있었다.

아버지 얼굴 모르는 것도 서러운데 욕을 해?

그런 놈을 가만둘 수는 없는 일. 그때마다 정주의 뒷골목이 한바탕 뒤집어졌다.

사람들은 삼구통의 개가 구정물 통의 썩은 물을 마시고 미쳤다면서 슬슬 피했다.

몇몇 사람은 홍등가의 계집에게 빌붙어 사는 놈팡이가 자존심만 살았다고 수군거렸다.

하지만 그것은 사람들이 그를 잘 몰라서 하는 소리였다.

그는 계집에게 빌붙어 사는 한심한 놈팡이가 아니었다. 남들에게 알려져 있지 않을 뿐 그에게도 직업이 있었다.

청부업자, 일명 해결사!

아마 그의 정체를 알게 된다면, 삼구통의 술꾼들은 감히 그에게 대들지 못했을 것이다.

'이번만 성공하자. 그럼 청부를 받지 않고도 살 수 있으니까.'

죽은 줄 알았던 자신이 살아서 돌아오자 어머니나 다름없던 도도 누나가 두 팔을 벌려 반겼다. 마치 화를 내고 집을 나갔다가 하루 만에 되돌아온 자식을 반기듯이.

어릴 때도 항상 그랬지만, 도도 누나는 정말 자신을 사랑했다. 아마 십 년 후에 돌아왔어도 똑같이 반겼겠지.

그 후 다섯 달이 지났다.

그동안은 도도 누나가 운영하는 소화루에서 지냈다.

자신이 사라진 사이 도도 누나는 돈을 열심히 모아서 소화루를 사들였는데, 몇 년 동안 장사를 잘해서 소화루를 열 배나 더 크게 키웠다.

하지만 어른이 된 놈이 언제까지 도도 누나의 도움을 받으면서 살 수는 없는 일. 그는 스스로 돈을 벌기 위해서 나름대로 일거리를 찾아보았다.

배운 게 도둑질이라고, 그가 택한 일은 청부업이었다.

그 후 지금까지 다섯 번의 청부를 맡았다. 그리고 한 번도 실패하지 않았다.

그런데 다섯 번째 청부를 성공시키고 열흘쯤 지났을 때, 흑질회(黑蛭會)의 회주 동곽이 은밀한 제안을 해 왔다.

"여자 하나를 죽여라. 아주 간단한 일이야. 성공하면 십 년은 놀고먹어도 될 돈을 주지. 원하면 주루라도 하나 차려 주마."

여자를 죽이는 것이 마음에 안 들어서 거절하려고 했다. 사람 죽이는 일도 자신이 없었고.

그런데 임무를 완수했을 때의 대가가 너무나 컸다.

고심하던 그는 제안을 받아들이기로 했다.

상대는 스물한 살 먹은 계집이었다. 무공도 모르고, 첩의 자식이어서 죽는다 해도 큰 말썽이 일어나지 않을 그런 계집.

더구나 의뢰를 한 자가 모든 정보를 제공했다.

어찌나 자세한 정보를 줬는지 그가 직접 나서서 조사할 것도 없었다. 그저 몰래 들어가서 죽이고 나오면 그뿐.

물론 어느 일이나 다 그렇듯이 문제가 전혀 없지는 않았다.

첫 번째는, 목표물이 비록 첩의 딸이긴 해도 정주에서 가장 강력한 세력인 이가장 장주의 딸이라는 것이다.

그리고 두 번째는…… 여자를 죽여야 한다는 것이다.

첫 번째 문제는 크게 걱정하지 않았다. 목표물은 이가장에서도 구석진 곳에 살고 있었다. 감쪽같이 해치우면 누가 알겠는가.

정작 마음에 걸리는 건 두 번째 문제인데, 그동안 해 온 일을 생각하면 사람 죽이는 게 무슨 대수일까 싶었다.

'팔다리 부러뜨리고, 심할 때는 병신을 만들어서 평생 기어 다니게도 만들었잖아? 죽이는 거야 거기서 심장만 멈추게 하면 되지, 뭐.'

과거의 자신이 아니었다. 몇 달 동안 피를 자주 대하다 보니 이제는 자신이 지닌 병 아닌 병도 나은 듯했다.

아직 사람을 죽여 보진 않았지만.

마음에 걸리는 것은 그 대상이 여자라는 것인데…… 눈 딱 감고 손만 뻗으면 끝날 일, 못 할 것도 없었다.

'그래, 난 할 수 있어!'

이런저런 생각을 하며 살심을 키우는 사이, 하늘에 떠 있던 반달이 구름 속으로 모습을 감췄다.

때마침 자수를 놓던 여인이 기지개를 켜며 일어났다. 졸리는지 입을 반쯤 벌리며 하품을 한 그녀는 창문을 닫고 등잔불을 껐다.

사운평은 때가 되었음을 알고 나무 위에서 내려왔다. 달빛조차 사라지자 짙은 먹물 같은 침묵이 장원을 짓누르고 있었다.

주위를 살핀 그는 담장을 넘었다.

위험이 될 만한 요소는 경비 무사 몇 명뿐. 하지만 그들은 고양이처럼 은밀한 사운평의 움직임을 알아채지 못하고 음담패설을 나누면서 킬킬대고 있었다.

발자국 소리를 최대한 죽인 채 건물의 창가 아래로 접근한 그는 가만히 앉아서 귀를 기울였다.

경비 무사들이 나누는 음담패설의 농도가 점점 짙어지고 있었다. 그 와중에 자신이 아는 홍등가 계집에 대한 이야기도 나왔다.

'미친놈들, 저러다 귀퉁이에 가서 손장난하는 것 아닌지 모르겠군.'

그는 경비 무사들을 비웃으면서 창에 바짝 귀를 가져다 댔다. 방 안에서는 가늘게 숨 쉬는 소리만 규칙적으로 들렸다.

주위를 다시 한 번 둘러본 그는 창문을 슬며시 잡아당겼다. 그리고 반쯤 열린 창문 사이로 몸을 밀어 넣었다.

옷 스치는 소리도 나지 않고 방 안으로 스며든 그는 창문을 닫고 눈에 공력을 집중했다.

방 안의 광경이 선명하게 보였다.

여인이 놓던 자수는 그 자리에 그대로 놓여 있었다. 여인은 그 건너편 침상에 반쯤 모로 누워서 잠든 상태였다.

그는 품속에서 한 자 반 길이의 칼을 뺐다.

잘 벼려진 칼날이 고양이 발톱처럼 칼집에서 소리 없이 빠져나왔다.

숨을 깊게 들이쉰 그는 발가락으로만 바닥을 짚으며 걸음을 옮겼다.

침상 앞에 서자 여인의 얼굴이 보였다.

'기루에 팔면 돈 좀 되겠군.'

얼굴 하나는 도도의 젊었을 적보다도 더 아름답게 느껴졌다.

하지만 자신의 손에 죽어야 할 운명. 아무리 아름다운 얼굴이어도 화중지병(畵中之餠)일 뿐.

사운평은 칼을 뻗어서 여인의 목에 가져다 댔다.

이제 긋기만 하면 끝이다.

동맥과 성대가 동시에 잘리면 비명도 지르지 못하고 죽겠지?

사실 그는 그렇게 죽이고 싶지 않았다.

사혈을 찔러서 죽이면 제일 간단했다. 깨끗하고.

그런데 의뢰를 한 자가 평범한 도둑에게 죽은 것처럼 칼로 죽이라고 했다. 하기 싫어도 어쩔 수 없었다.

'음, 그래도 목이 베이면 고통을 제법 오래 느낄 거야. 차라리 백회혈을 찌를까?'

그는 칼을 정수리 쪽으로 옮겼다.

여인은 자신이 죽기 직전인 것도 모르고 여전히 깊은 잠에 빠져 있었다.

칼끝을 정수리에 댄 그는 손잡이를 힘껏 움켜쥐었다.

하필 그때 여인이 몸을 틀었다.

자신도 모르게 손에서 힘이 빠진 그는 여인을 노려보았다.

달이 다시 구름 밖으로 나왔는지 은은한 달빛이 창문의 창호지를 뚫고 여인의 얼굴을 비췄다.

'지미, 뭐가 이리 예뻐?'

대충 봤을 때보다 훨씬 아름다웠다. 티 한 점 없는 백옥빛 살결은

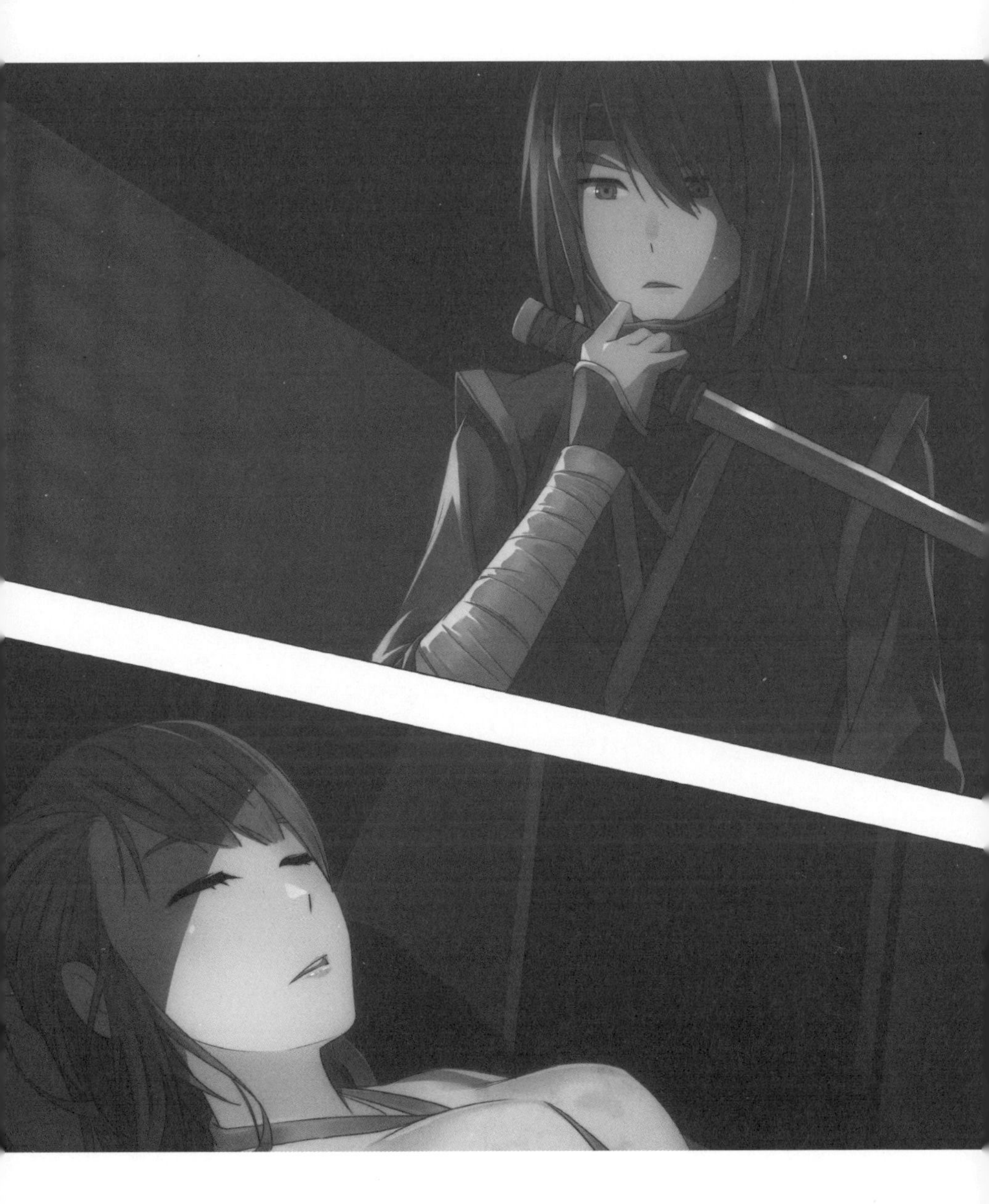

손을 대면 미끄러질 것만 같았다.

그러나 살결이 아무리 고우면 뭐하랴. 죽으면 흙으로 돌아갈 몸뚱인데.

그는 마음을 차갑게 가라앉히고 칼을 다시 움켜쥐었다.

아무래도 머리를 찌르는 건 마음에 들지 않았다.

언젠가 머리가 터진 시신을 본 적이 있었다. 희끄무레한 뇌수가 피와 엉겨 있는 그 모습은 구역질이 날 만큼 역겨웠다.

'그래, 심장을 찌르자. 단숨에 찌르면 이 여자도 고통 없이 바로 죽을 거야.'

마음을 바꾼 그는 여인의 가슴을 내려다보았다. 희멀건 뇌수보다는 붉은 피를 보는 게 훨씬 나을 듯했다.

피는 해결사에게 친숙한 존재가 아닌가.

그런데 분명 처녀라고 들었거늘, 도도보다 가슴이 풍만하게 느껴졌다.

더구나 숨을 쉴 때마다 오르락내리락하는 가슴을 보고 있으니 이해할 수 없을 정도로 심장이 빨리 뛰었다.

'씨발, 빨리 죽여야 하는데…….'

꿀꺽.

침을 삼킨 그는 칼끝을 여인의 가슴 위에 댔다. 그리고 손 떨림을 막기 위해서 칼을 두 손으로 잡았다.

쿡.

칼끝이 살짝 여인의 옷에 꽂혔다. 가슴이 어찌나 탱탱한지 칼이 튕겨질 것 같았다.

반발의 촉감이 칼을 통해서 손바닥에 느껴진 순간, 흠칫한 그는 칼을 멈췄다.

그 바람에 떨리는 칼끝에 옷자락이 찢기며 하얀 살결이 약간 드러났다.

사운평은 힐끔 여인의 얼굴을 바라보았다.

문득 이상한 생각이 들었다.

이 정도면 아무리 잠이 깊이 들었어도 깨어나는 게 일반적이다. 그런데도 여인은 깨어날 생각을 하지 않고 여전히 고른 숨을 쉬고 있지 않은가 말이다.

'잠이 들면 세상이 뒤집어져도 모르는 계집인가?'

그런 잠버릇을 지닌 사람들은 의외로 많다. 신경이 예민한 그로서는 정말 부러운 일이 아닐 수 없었다.

자신은 지붕 위를 지나가던 쥐새끼가 재채기만 해도 잠에서 깨는데…….

그래도 혹시 모르는 일.

이를 지그시 악문 그는 한 손으로 여인의 입을 살며시 덮었다. 그리고 가슴 밑 갈비뼈 사이의 심장을 정확히 노렸다.

'찌르자, 찌르면 다 끝나는 일이잖아? 다른 놈들 팔다리는 잘도 부러뜨렸으면서…….'

하지만 사람의 팔다리를 부러뜨리는 것과 죽이는 것은 차이가 컸다.

물론 악한 자라면, 원한이 있는 자라면 죽일 수도 있었다. 자신을 죽이겠다며 달려드는 자도.

그러나 아무런 죄도 없는 여인을, 그것도 막 피어난 복사꽃처럼 아름다운 여인을 죽인다는 것은 그가 아무리 굳게 마음먹었다 해도 쉬운 일이 아니었다.

더구나 입술을 덮은 손에서 느껴지는 감촉은 정신이 혼몽할 지경이었다.

'아, 씨발! 나도 모르겠다.'

다시 한 번 각오를 다진 그는 칼을 쥔 손에 잔뜩 힘을 주었다.

하필이면 바로 그 순간, 여인이 손을 저었다.

입을 막는 바람에 답답해져서 본능적으로 손을 저은 듯했다.

휙.

여인의 손이 칼날을 스쳤다.

깜짝 놀란 사운평은 자신도 모르게 칼을 뒤로 뺐다.

하지만 간발의 차이로 여인의 손목 근처가 갈라지며 피가 주르륵 흘렀다.

여인의 손에서 흐르는 피를 본 사운평의 얼굴이 와락 일그러졌다.

하지만 그도 잠시, 그는 눈을 가늘게 뜨고 고개를 모로 꼬았다. 여인이 상처를 입은 상태에서도 깨어나지 않고 있었다.

뭔가 이상함을 느낀 그는 여인의 입을 막은 손을 뗐다. 그리고 칼 옆면으로 여인의 가슴을 툭툭 쳤다.

꼭 나쁜 마음으로 가슴을 친 것은 아니었다. 그곳의 신경이 예민할 것 같아서 친 것일 뿐.

남들에게 말해 봐야 믿지도 않겠지만, 어쨌든 그게 솔직한 마음이었다. 정말이다.

그런데 제법 세게 쳤는데도 여인은 깨어나지 않았다.

'이상하군.'

눈살을 찌푸린 사운평은 고개를 돌려서 주위를 둘러보았다. 침상 옆의 탁자 위에 놓인 찻잔이 보였다.

이상한 예감이 든 그는 찻잔을 들고 살펴보았다.

찻잔에는 차가 조금 남아 있었다.

그는 찻잔을 입에 대고 슬쩍 맛을 보았다.

묘한 냄새가 났다.

자신이 익히 아는 향기. 청부업자들이 애용하는 어떤 약물의 냄새였다.

'뭐야, 미혼약을 먹인 건가?'

정말 독한 여자다. 죽이는 데 실수가 없도록 자신의 언니에게 미혼약을 먹이다니.

마음이 조금 느긋해진 그는 숨을 깊게 들이쉬고는, 여인을 보며 속으로 혀를 찼다.

'쯔쯔쯔, 다시 태어나거든 그런 동생은 만나지 마쇼. 나도 원망하지 말고. 나니까 그래도 고통 없이 죽이려고 고민하지, 다른 사람 같았으면 사정 안 봐주고 무조건 죽였을 거요. 그럼 잘 가쇼.'

그는 칼을 잡은 손에 힘을 주었다. 이제는 더 머뭇거릴 여유가 없었다.

그때였다. 급한 발걸음 소리와 함께 누군가가 별채를 향해 다가오는 소리가 들렸다.

'응?'

동시에 여인의 다급한 목소리가 들렸다.

"수상한 자가 별채로 들어가는 걸 봤어요. 찾아보세요!"

이런 빌어먹을!

사운평은 방문과 여인을 번갈아 보았다.

칼을 한 번만 내지르면 여인을 죽이고 청부를 완수할 수 있었다. 하지만 자신은 그 대가로, 주루의 주인이 되기는커녕 살인자로 쫓길 게 분명했다.

'그럼 도도 누나가 위험해질지 몰라.'

번개처럼 머리를 굴린 그는 얇은 홑이불로 여인을 둘둘 말았다.

여차하면 여자를 인질 삼아서 흥정할 생각이었다.

여인을 어깨에 짊어진 그는 뒷마당으로 향하는 창문으로 다가갔다. 다행히 뒷마당 쪽에는 사람이 없었다.

"아가씨, 주무십니까? 아가씨."

방문 밖에서 누군가가 여인을 불렀다.

창문을 연 그는 재빨리 밖으로 나갔다. 그리고 밤 고양이처럼 소리 없이 담장까지 다가간 후 단숨에 담장을 날아 넘었다.

*　　*　　*

사운평은 서문에서 십 리 떨어진 곳에 있는, 자신이 술에 취했을 때 가끔 애용하던 황하가의 오두막으로 들어갔다.

짐을 지고 전력을 다해서 십 리를 달렸더니 숨이 조금 찼다.

"제기랄! 이게 무슨 미친 짓이지?"

그는 짜증내듯이 투덜거리며 홑이불로 쌓인 여인을 내려놓았다.

장원을 벗어나자마자 여인을 골목 아무 곳에나 던져 놓으려 했다. 그런데 홑이불 밖으로 드러난 여인의 얼굴을 본 순간 손이 움직이지 않았다.

첩의 자식으로 태어난 것만도 서러운데 동생의 의뢰로 죽임을 당해야만 하다니.

더구나 이렇게 예쁜 여자를 죽게 놔두면 왠지 지옥에 갈지도 모른다는 생각이 들었다.

"썩을, 내가 무슨 자비로운 부처도 아니고. 골치 아프게 혹만 붙였네."

주저앉은 사운평은 무릎에 두 팔을 올리고 그 위에 턱을 걸쳤다. 그리고 정신을 차리지 못하고 있는 여인을 바라보았다.

보고 또 봐도 정말 예뻤다.

"에효, 이걸 어쩌지?"

운명은 하늘에 맡기고 황하에 던져 버릴까? 아니 이 근처에 묻어 버려?

이런저런 생각을 하는 사이 눈이 슬슬 감겼다.

눈꺼풀이 얼마나 무거운지 힘겹게 들어 올려도 금방 내려갔다.

'빌어먹을. 내가 어쩌다 이런 꼴이 되었는지 모르겠군.'

'응?'

사운평은 뒤척이는 소리에 흠칫하며 고개를 들었다.

깜박 잠이 든 모양이다.

앞을 보니 여인이 홑이불로 몸을 감싼 채 영문을 알 수 없다는 표정으로 주위를 두리번거리고 있었다.

사운평은 묘한 표정으로 그녀를 바라보았다.

납치를 당했으면, 여기가 어디냐, 당신은 누구냐며 겁에 질려서 떨리는 목소리로 물어보는 게 보통이다.

그런데 여인은 반달처럼 커다란 눈만 깜박이며 주위를 둘러볼 뿐 겁에 질린 표정이 아니었다.

'진짜 겁도 없는 계집이네.'

여인의 태연함에 기분이 상한 그가 툭 쏘듯이 말했다.

"너무 놀라지 마."

여인은 아무런 대답도 하지 않고 그를 바라보았다.

눈꺼풀이 파르르 떨리는 걸 보니 이제야 상황을 깨달은 듯했다.

"재수가 없었다고 생각해. 아니면 하늘을 원망하든가."

여인은 여전히 말을 하지 않았다. 대신 불안한 표정으로 그를 바라보며 홑이불을 당겼다.

"혹시 꿈이라고 생각하고 있으면 그만 깨. 지금 상황은 현실이거든."

그때 여인이 인상을 찌푸리고 팔을 내려다보았다.

사운평도 그녀의 팔을 보았다.

자신의 칼에 베인 팔목에서 흐른 피가 팔꿈치까지 흘러내려서 똑똑 떨어지고 있었다.

"피를 멈추게 하려면 손으로 꽉 움켜쥐고 있어."

그의 말을 듣긴 들었는지 여인은 홑이불을 팔목에 대고 눌렀다.

그게 전부였다. 말도 하지 않았고, 한쪽으로 물러선다든가 하는 행동도 일절 없었다.

'멍청한 거야, 뭐야? 혹시 머리에 이상이 있는 계집인가?'

한편으로는 그래서 더 답답했다.

대꾸라도 해야 어떻게 해 볼 것 아닌가.

그렇다고 해서 윽박지를 수도 없고…….

여자를 윽박지르는 것은 도도가 무척 싫어했다. 자신도 싫었고.

아주 오래전. 손님들이 어머니를 심하게 다그치고 때릴 때마다 어린 그의 가슴은 날카로운 못이 박힌 것처럼 아팠었다.

도도 누나가 양아치 흑도 건달들에게 맞을 때는 분노의 살기가 솟구쳐서 미칠 것 같았다.

그렇게 가슴에 수많은 상처를 입은 그는 여덟 살 때 한 가지 맹세를 했다.

—나는 절대 여자를 때리지 않을 거야!

어쩌면 그래서 더 눈앞의 여인을 죽이는 것이 힘들었을지 모른다.

'후우, 정말 미치겠군. 이제 어떻게 하지?'

사운평은 이제 확실히 알았다. 자신이 눈앞의 여인을 죽일 수 없다는 걸.

사부의 말대로 살수가 되려면 단정의 무심이 필요했다. 처음 보는 여인은 물론이고, 형제라 해도 눈썹 한 올 흔들리지 않고 해치울 수 있어야 할 정도의 무심이.

하지만 그에게는 그런 무심이 없었다.

적이라면 또 몰라도.

적은 당연히 죽여야 할 대상이니까.

그는 자신의 그런 성격을 고치기 위해서 열심히 노력했다. 그러나 징그러울 정도로 질긴 그의 본성은 지옥수련으로도 고쳐지지 않았다.

오죽하면 사부가 화병으로 죽었을까.

'빌어먹을! 이제는 무심할 수 있다고 생각했는데…….'

팔다리도 쉽게 부러뜨리는데, 심장을 멈추게 하는 일이 뭐 어렵다고 못 한단 말인가?

어깨가 축 늘어진 그는 여인을 응시했다.

그가 아는 여인의 이름은 이수수. 얼굴만큼이나 이름도 예뻤다.

"이봐, 이제 어떡할 거야? 혹시나 해서 하는 말인데, 집으로 돌아가겠다는 생각은 하지 마. 돌아가면 죽을 테니까. 당신도 생각이 있다면 왜 이런 상황이 되었는지 짐작할 수 있을걸?"

여인, 이수수의 눈빛이 처음으로 흔들렸다.

뭔가를 짐작했는지, 투명하게 보일 정도로 맑은 눈에 구슬 같은 물방울이 맺혔다.

하지만 그뿐, 고개만 푹 숙이고 아무런 말을 하지 않았다.

답답해진 사운평이 짜증을 내며 소리쳤다.

"말 좀 해 봐! 당신 벙어리야?"

그때 이수수가 사운평을 바라보며 고개를 끄덕였다. 고개가 끄덕여질 때마다 눈물이 뚝뚝 떨어졌다.

이번에는 사운평이 할 말을 잊고 입을 닫았다.

'지미, 누가 벙어리인 줄 알았나?'

그런데 조금 이상했다. 이가장의 자매 중 벙어리가 있다는 말은 한 번도 들어 본 적이 없었다.

어색한 침묵이 흐르는 사이, 오두막의 벽 틈으로 황금빛 햇살이 화살처럼 쏟아져 들어왔다. 어느새 동산 위로 해가 떠오른 듯했다.

상대는 말을 못 하는 여인. 할 수 없이 사운평이 먼저 입을 열었다.

"멀리 도망가. 굳게 마음먹으면 어떻게든 살 수 있을 거야. 그럼 나도 대충 둘러댈 수 있고, 당신도 살 수 있으니 서로 좋지 뭐."

이수수는 간절한 눈으로 그를 바라보았다.

사운평은 그녀를 바라보고 있으면 마음이 더 약해질 것 같았다.

자리에서 벌떡 일어난 그는 오두막의 문 쪽으로 몸을 돌렸다.

그때 주저앉아 있던 이수수가 달려들더니 그의 바짓가랑이를 붙잡았다.

"나더러 어떡하라고!"

사운평은 홱, 그녀를 뿌리치고 빽 소리쳤다.

한쪽으로 나동그라진 이수수는 엎드린 채 소리 없이 눈물만 흘렸다.

사운평은 마음이 약해지기 전에 오두막의 문을 열었다.

하지만 그는 한 걸음도 나갈 수가 없었다.

한참만에야 고개를 번쩍 쳐들고 천장을 쳐다본 그는 신경질적으로 중얼거렸다.

"지미, 말만 할 수 있어도 그냥 놔두고 가는 건데……."

슬그머니 몸을 돌린 그는 이수수를 내려다봤다.

이불자락에 얼굴을 묻고 어깨를 들썩이는 그녀의 팔목에서 다시 피가 흐르고 있었다.

그녀에게 다가간 사운평은 그녀의 팔을 홱 낚아챘다.

"피가 이렇게 흐르는데 가만 놔두면 어떡해? 꽉 붙잡고 있으라고 했잖아!"

미안한 마음에 공연히 소리를 내지른 그는 홑이불을 길게 찢어서 그녀의 상처를 싸맸다.

이수수는 눈물로 얼룩진 얼굴을 들어서 사운평을 바라보았다.

사운평은 그녀를 바라보지도 않고 퉁명스럽게 말했다.

"나를 계속 따라올 생각은 하지 마. 내가 너를 살려 줬다는 게 알려지면 나도 곤란해지니까."

나름대로 꼼꼼하게 상처를 싸맨 그는 자리에서 일어났다.

"잠시만 기다려. 내가 먹을 것 좀 구해올 테니까. 절대 밖으로는 나가지 말고. 알았지?"

이수수가 상처 입은 사슴 같은 눈망울로 그를 빤히 쳐다보았다. 그는 제 발 저린 표정으로 툭툭 쏘아붙였다.

"걱정 마. 너 떼어 놓고 도망가는 거 아니니까. 그럴 거였으면 아까 돌아서지도 않았어!"

그제야 이수수는 보일 듯 말 듯 고개를 끄덕였다.

사운평은 속으로 한숨을 내쉬며 자리에서 일어났다.

'후우, 빌어먹을!'

자신이 생각해도 정말 한심했다.

청부를 맡은 놈이 죽여야 할 목표물에게 음식을 구해다 주다니.

세상에서 가장 멍청한 청부업자가 있다면 바로 자신이었다.

'제길, 사람 죽이는 일만 청부업자가 할 일은 아니잖아? 다른 일로 최고가 되면 될 거 아냐?'

사운평은 그렇게 자위하며 오두막의 문을 열었다.

그때였다. 멈칫한 그는 문을 슬며시 닫고, 한 뼘 정도만 열어 놓은 채 바깥을 살펴보았다.

얼핏 갈대숲 사이에서 움직이는 자들이 보였다.

대여섯 명? 아니, 서너 명은 더 있을 듯했다.

'그 악독한 계집이 보낸 사람들인가?'

흑질회의 삼류건달들이 흉내 낼 수 있는 움직임이 아니었다.

그들의 목을 단칼에 쳐버릴 수 있는 강호의 무사들. 아무래도 이수수의 집안인 이가장에서 나온 자들인 듯했다.

혼자 도망갈까?

잠깐 그런 생각이 들었다.

하지만 자존심이 상했다.

자신이 이수수를 죽이지 못한 건 어쩔 수 없지만, 그렇다고 해서 그녀의 목숨을 남에게 맡기고 싶지도 않았다.

문을 닫은 그는 돌아서서 오두막의 뒤쪽 벽으로 갔다.

영문을 모르는 이수수는 그의 굳은 표정을 보고 바짝 얼어붙었다.

사운평은 그녀의 마음을 짐작하고 나직이 말했다.

"네 동생이 보낸 놈들이 추적해 왔다. 살고 싶으면 내가 하라는 대로 해."

품속에서 칼을 빼 든 그는 오두막의 뒤쪽을 그었다.

갈대로 엮어진 벽이 소리 없이 잘렸다.

사운평은 벽을 살짝 밀고 밖의 상황을 살펴보았다.

적들은 전면과 좌우로만 다가오는 듯 뒤쪽에선 그들의 기운이 느껴지지 않았다.

'그나마 다행이군.'

갈대숲까지의 거리는 십오 장 정도. 들키지 않고 그곳까지만 가면 빠져나갈 수 있을 것 같다.

그는 뒤쪽을 향해 손을 까닥였다.

이수수가 고개를 갸웃거리며 그의 뒤쪽으로 다가왔다.

'나는 동생이 없는데…….'

*　　*　　*

오두막의 뒤쪽으로 빠져나온 두 사람은 갈대숲을 향해 달렸다.

그러나 오늘의 운은 사운평의 편이 아니었다.

그들이 갈대숲을 삼 장가량 남겨 놨을 때였다. 좌우에서 청의를 입은 무사들이 날아들더니 그들을 포위했다.

"후후후. 살수 나부랭이가 미색에 혹해서 허튼 짓을 하는 걸 보니, 그 계집이 예쁘긴 예쁜가 보군."

"족제비 같은 놈, 어딜 빠져나가려고!"

'개자식, 나처럼 잘생긴 족제비 봤어?'

사운평은 불만이 많았지만, 웃음을 지으며 돌아섰다.

"하하하, 혹시 이가장에서 온 사람들이오? 그러잖아도 이 계집을 이가장에 넘기려고 했는데."

두 사람을 포위한 청의 무사들은 그의 말에 눈썹도 꿈쩍하지 않았다. 오히려 조금 전 소리친 무사가 조소를 지으며 말했다.

"뭘 모르는군. 우린 네놈의 목도 가져갈 생각이다. 순순히 목을 내밀면 고통스럽지 않게 죽여 주지."

사운평의 표정이 굳어졌다.

그 말인즉 이수수의 동생이 자신의 죽음도 원한다는 뜻. 아무래도 자신에게 모든 죄를 뒤집어씌울 생각인 것 같다.

'독한 년!'

입 안에서 욕이 절로 씹혔다.

그러나 오래 머무를수록 적만 늘어갈 터. 사운평은 번개처럼 손을 뻗어서 이수수의 허리를 낚아채고는, 뒤쪽으로 주욱 미끄러졌다.

"어딜!"

포위한 자들 중 하나가 그를 향해 달려들며 검을 뻗었다.

사운평은 이수수의 허리를 감은 채 몸을 빙글 돌리며 방향을 틀어서 갈대숲으로 뛰어들었다.

설마 흑도의 건달로 알았던 일개 청부업자가 일류 고수 빰치는 신법을 구사할 줄이야!

좀 전에 조소를 지었던 자는 제대로 대응할 틈도 없이 사운평을 놓치자 악을 쓰며 몸을 날렸다.

"놈을 잡아라! 놓치면 안 된다!"

하지만 사운평은 도주를 위해서만 갈대숲으로 뛰어든 게 아니었다. 살수의 무공을 익힌 그에겐 주위가 터진 곳보다 갈대숲 속이 훨씬 편했다.

갈대숲을 빠르게 좌우로 오간 그는 무사들이 우왕좌왕하자 거꾸로 그들을 공격했다.

어차피 이곳을 빠져나간다 해도 계속 추적을 받을 것이다. 그렇다면 숫자라도 줄여 놓아야 빠져나갈 가능성이 커질 것 아닌가.

"크억!"

"으헉!"

갈대숲 속에서 나직한 비명과 신음이 연속으로 흘러나왔다. 단숨에 두 사람을 처리한 사운평은 이수수를 옆구리에 끼고 빠르게 달렸다.

뒤늦게 갈대숲으로 들어선 청의 무사들은 동료들이 피를 흘리며 쓰러져 있는 걸 보고 이를 갈았다.

"이 찢어 죽일 놈이!"

중앙의 키가 큰 무사가 그들 중 수장인 듯 옆을 향해 소리쳤다.

"너는 아가씨께 가서 지원을 요청해! 그리고 나머지는 나를 따라서 놈을 쫓는다!"

第二章

운해곡(雲海谷)

사운평과 이수수가 황하를 끼고 서쪽으로 이동하던 그 시각.

딸의 납치에 분노한 이가장의 장주 이청산은 가동 가능한 인원을 모조리 풀었다.

황보세가와 함께 정주 일대를 양분하고 있는 이가장이다.

강호에 새로운 태양처럼 떠오른 신진사가(新進四家) 중 하나.

그 이가장을 일으킨 사람이 바로 등룡신검(騰龍神劍) 이청산이다. 하남의 십대고수에 속하는 절정 고수.

그는 집 안에서 딸이 납치되었다는 사실에 치를 떨었다.

감히 자신의 딸을 납치하다니.

그것도 말 못 하는 불쌍한 그 아이를!

절대 용서치 않으리라!

이 일과 관계된 자는 그게 누구든 목숨으로써 죗값을 치르게 해주리라!

그사이 사운평은 추적해 오는 자들에게 혼란을 주기 위해서 중간중간 방향을 틀었다.

이수수는 싫은 기색도 없이 그의 뒤만 따라갔다.

그렇게 이십여 리를 이동했을 무렵, 좌우의 갈대숲 속에서 누군가가 빠르게 다가오는 게 느껴졌다.

앞은 훤하게 뚫려 있는 초지, 대낮이어서 저들의 눈을 피할 수도 없다.

'제길.'

사운평은 칼을 빼 들고 다가오는 자들이 나타나길 기다렸다.

셋을 셀 즈음, 청의 무사 넷이 좌우에서 날듯이 다가와 사운평을 포위했다. 오두막에서 보았던 자들이었다.

"흥! 쥐새끼 같은 놈! 어디 더 도망가 보시지!"

"하찮은 살수 놈이 우리를 놀리다니. 사지를 잘라서 개 먹이로 던져 주마!"

사운평도 지지 않았다.

"팔푼이 같은 놈들이 별 개소리를 다 하는군. 네놈들의 무딘 칼에 죽을 것 같았으면 태어나지도 않았어."

"애새끼가 주둥이만 살았구나! 놈을 죽여라!"

청의 무사들이 눈빛을 번뜩이며 사운평을 공격했다.

그들의 공격은 빠르고 강력했다.

더구나 이수수 역시 죽음의 대상. 그들은 손에 인정을 두지 않고 철저하게 살수만 썼다.

사운평은 이수수를 보호하면서 그들을 상대했다.

상대는 넷. 모두 일류 고수들이다. 그럼에도 사운평은 당황하지 않았다.

정에 약한 것이 흠일 뿐, 무공은 그의 사부도 인정할 만큼 강했다. 청의 무사들이 일류 수준의 고수이며 숫자가 넷이나 되긴 해도 상대하는 것은 어렵지 않았다.

문제는 이수수였다. 아무래도 그녀를 신경 쓰다 보니 제 실력을 발휘할 수가 없었다.

'정말 여러 가지로 골치 아프게 하는군.'

짜증이 난 사운평은 공력을 조금 더 높이 끌어올렸다.

그가 비록 강아지 한 마리 죽이지 못해서 사부를 실망시켰지만, 눈앞에 있는 자들은 순진한 강아지가 아니다. 죄 없는 청부 대상도 아니고.

청부를 받아서 사람을 죽이는 것과 자신이 살기 위해서 적을 처치하는 것은 다른 문제.

눈빛이 차갑게 가라앉은 그는 이수수를 놔둔 채 청의 무사들 사이로 뛰어들었다.

그의 신형이 흐릿해지는가 싶더니 한 줄기 번갯불 같은 검광이 번뜩였다.

청의 무사들도 이제는 사운평을 얕보지 않았다.

얕보고 잡으려 했다가 두 사람이 당하지 않았던가.

이수수야 언제든 죽일 수 있는 평범한 여자. 그들은 일단 사운평을 죽이는 일에 전력을 기울였다.

"놈을 죽이고 계집을 처리한다! 모두 협공해!"

하지만 적과 마주한 사운평은 한 마리 야생 늑대 같았다.

쩡!

날아드는 검을 쳐낸 그는 번개처럼 쇄도하며 빈틈 사이로 단도를 휘둘렀다.

청의 무사 하나가 흠칫하며 뒤로 물러섰다. 하지만 간발의 차이로 사운평의 단도가 옆구리를 훑고 지나갔다.

"크윽!"

거의 동시에 또 다른 청의 무사가 사운평의 퇴로를 차단하고 검을 내질렀다.

사운평은 빙글 몸을 돌리며 코앞에 들이닥친 검 하나를 쳐 냈다. 그러고는 발바닥으로 땅을 밀며 뒤로 주욱 물러섰다.

"놓치지 마!"

분노한 청의 무사들이 그를 바짝 따라가며 연속적으로 검을 뻗었다.

사운평은 날아드는 검을 바라보며 눈 한 번 깜짝하지 않았다. 상대의 검이 코끝을 스치듯이 지나가는데도 한 점의 동요도 없었다.

그러고는 찰나에 드러난 빈틈을 놓치지 않고 역습을 가했다.

쉬아악!

한 사람의 가슴이 심장까지 갈라지며 피가 솟구쳤다.

이제 남은 자는 둘. 하찮게 보았던 살수에게 동료 둘이 죽임을 당하자 그들의 눈빛이 흔들렸다.

상대의 동요를 눈치챈 사운평은 강력하게 쇄도했다.

상대도 마주 검을 뻗으며 필사적으로 달려들었다.

사운평은 찰나도 망설이지 않고 상대의 공세 속으로 뛰어들었다. 마치 내지르는 검에 몸을 스스로 들이미는 듯했다.

검에 스친 옷자락이 길게 찢어졌다. 살갗에서 싸한 느낌이 들었다.

하지만 사운평은 눈빛 한 점 흔들리지 않고 거리를 좁혔다.

그렇게 나올 줄은 생각도 못한 듯 청의 무사가 당황해서 뒤로 물러섰다.

"이런 개자식이……!"

순간, 번개처럼 뻗어 나간 사운평의 단도가 실낱같은 빈틈을 파고들며 상대의 목을 반쯤 잘라 버렸다.

"끄어어어."

비틀거리며 물러서는 그자의 목에서 시뻘건 핏줄기가 실처럼 뿜어져 나왔다.

사운평은 마지막 남은 한 사람을 향해 몸을 날렸다.

마지막 청의 무사는 안 되겠다 싶었는지 이수수를 죽이려 하고 있었다.

하지만 사운평이 날아드는 걸 보고는 화들짝 놀라서 도망쳐 버렸다.

사운평은 창백하게 질려 있는 이수수 앞에 내려섰다.

다행히 이수수는 아무 이상이 없었다. 그다지 겁에 질린 표정도 아니었고.

간이 큰 것인지, 자신의 처지를 모르고 있는 것인지…….

'멍청한 것 같진 않은데…….'

어쨌든 지금은 이수수를 걱정할 때가 아니었다.

사운평은 숨을 고르며 진기를 가라앉혔다.

어깨와 팔에서 짜릿한 통증이 느껴졌다. 조금이라도 빨리 처리하기 위해서 약간의 모험을 하는 바람에 두어 군데 부상을 입은 것이다. 심각한 상처는 아니었지만.

이마를 찡그리고 몸을 돌리던 그는 은근히 짜증이 났다.

자신이 왜 목숨을 걸고 저들과 싸워야 하는 거지?

자신이 언제부터 열혈 협사였다고.

"후우, 정말 미치겠군."

한숨을 내쉰 그는 저만치 서 있는 이수수를 바라보았다.

그녀가 걱정이 가득한 눈빛으로 자신을 바라보고 있었다.

그 눈빛과 마주치자, 조금 전의 짜증이 봄 햇살에 눈 녹듯이 사라졌다.

정말 빌어먹을 일이었다.

"뭐해? 안 갈 거야?"

* * *

사운평은 이수수를 데리고 하늘이 어둑해질 때까지 이동했다.

추적해 오는 자들은 느껴지지 않았다.

그는 초목이 우거진 야산 자락의 구석진 곳에서 휴식을 취하며 상처를 치료했다.

도대체 어쩌다가 일이 이 지경이 됐을까?

이수수를 죽이지 못해서 생긴 일만은 아니었다. 자신이 이수수를 죽였어도 그녀의 동생은 자신을 죽이려 했을 테니까.

청부 의뢰 자체에 문제가 있다는 뜻.

아니면 이번 청부를 너무 쉽게 생각한 것이 문제였던가.

계집 하나 죽이지도 못하는 놈이 왜 청부를 받아서 이 고생이야?

'젠장, 그냥 콱 찌르는 게 뭐가 그렇게 어렵다고…….'

그랬다면 적어도 지금보다는 나았을 텐데.

반 시진가량 휴식을 취한 사운평은 이수수에게 등을 내밀었다.

"업혀."

그녀의 발은 찢기고, 퉁퉁 부어서 걷는다는 게 불가능할 정도로 엉망이었다. 독한 수련을 받은 무사라 해도 한 걸음 움직이기가 힘들어 보일 정도로.

이수수는 살짝 얼굴을 붉히며 그의 등에 업혔다.

어차피 혼자서는 걸을 수도 없는 상태. 업히지 않으면 저 남자는 혼자 떠나 버릴지 모른다.

더구나 이미 저 남자의 억센 손에 안겨 본 적이 있지 않던가? 비록 자신의 뜻과는 전혀 상관없는 상황이긴 했지만.

그래도 두 번째여서 그런지 크게 어색하지는 않았다.

이수수를 업은 사운평은 날듯이 야산을 빠져나왔다.

하루 종일 물로만 배를 채웠는데도 이상하게 힘이 용솟음쳤다.

움직일 때마다 등에서 느껴지는 말랑말랑한 감촉 때문일 수도 있고, 아니면 이수수의 엉덩이를 받친 손에서 느껴지는 열기 때문일 수도 있고, 그도 아니면 이수수가 숨을 쉴 때마다 흘러나오는 묘한 향기가 코를 자극해서 그런 것일 수도 있었다.

'으음, 뭐 먹고 사는데 이렇게 좋은 냄새가 나지?'

*　　*　　*

사운평은 달을 길잡이 삼아서 삼십 리를 이동했다.

온몸이 땀으로 젖었는데도 힘들다는 생각은 조금도 들지 않았다. 아마 참을 수 없을 정도로 배가 고프지 않았으면, 저 멀리 마을의 불빛이 보이지 않았다면 몇십 리는 더 걸었을 것이다.

등에 진 짐 아닌 짐을 내려놓고 싶지 않았으니까.

"저기서 뭐 좀 먹고 가자."

선택의 여지가 없는 이수수는 고개만 끄덕였다.

사운평은 마을 쪽으로 걸음을 옮기며 신경을 곤두세웠다.

청부 의뢰를 한 자들은 자신과 이수수를 이대로 포기하지 않을 것이다. 어쩌면 추적대가 바짝 뒤쫓아 오고 있을지도 모른다. 아니면 길목을 막은 채 기다리고 있을지도 모르고.

다행히 마을에서 수상한 기미는 보이지 않았다.

크기는 그리 크지 않았는데, 그래도 입구 근처에 작은 주점이 하나 있었다.

사운평은 주점을 이십여 장 앞두고 이수수를 내려 주었다.

허전해진 등으로 아쉬움이 밀물처럼 밀려들었다.

그래도 업고 있을 때가 좋았는데…….

이수수는 발바닥이 아팠지만, 꾹 참았다.

마음대로 움직일 수 없어서 답답했던 터였다. 그런데 막상 내리고 보니 가슴에서 뭔가가 쑥 빠져나간 듯했다. 발바닥도 아프고.

업혀 있을 때가 편했는데…….

"걸을 수 있겠어?"

끄덕끄덕.

이수수는 고개를 끄덕였다.

아프지만 다시 업어 달라고 할 수도 없었다. 여자의 자존심이 있지.

"힘들면 말해. 다시 업어 줘?"

이수수는 고개를 저었다.

이제 와서 어떻게 업어 달라고 해? 알아서 등을 내밀면 몰라도.

"그래? 그럼 가자."

'치이.'

사운평과 이수수가 주점 안으로 들어가자 사람들이 쳐다보았다.

주점 안에는 주인으로 보이는 중년인 하나와 마을 사람으로 보이는 손님 셋이 있었다.

그들은 사운평과 이수수의 옷에 피가 묻어 있는 걸 보고는 흠칫하며 고개를 돌렸다.

"뭘 드실 거요?"

동그란 얼굴의 숙주 겸 주인이 멈칫거리며 다가오더니 사운평에게 물었다.

"간단하고 빨리 나올 수 있는 음식 중 먹을 만한 것으로 두어 가지 주쇼."

주인은 사운평의 얼굴을 빤히 바라보고는 몸을 돌렸다.

더 물어볼 것도 없었다. 어차피 지금 할 수 있는 음식은 두 가지뿐이었으니까.

주인은 곧 돼지고기를 넣은 야채볶음과 계육면을 내왔다.

사운평은 배가 고픈 와중에도 음식을 천천히 씹어서 삼켰다.

맛은 별로 없었다.

'이런 곳에서 파는 음식이 다 그렇지, 뭐.'

그래도 최대한 많이 먹어 두어야 했다. 다음 식사를 언제 할 수 있을지 그 자신도 알 수 없었다.

이수수도 배가 고팠는지 계육면을 허겁지겁 먹었다.

사운평에게는 그런 모습이 신선한 충격이었다.

기루의 여자들은 음식을 깨작깨작 먹었다. 살이 너무 찌면 손님들이 싫어한다나?

가냘픈 몸매의 이수수도 그럴 거라 생각했다. 아무리 배가 고파도 내숭을 떠는 게 여자 아닌가 말이다.

그런데 이수수는 남의 눈을 개의치 않고 계육면을 게 눈 감추듯이 다 비웠다. 그러고는 사운평이 먹고 있는 야채볶음을 눈독 들였다.

'아무리 먹어도 살이 안 찌는 체질인가?'

식성이 정말 마음에 드는 여자였다.

"먹고 싶으면 먹어."

배를 채우고 주점을 나선 사운평은 등을 내밀었다.

이수수가 걷긴 하는데 고통을 억지로 참는 표정이 역력했다. 그 상태로는 먼 길을 갈 수 없었다.

'내가 뭐 꼭 너를 업고 싶어서 이러는 줄 알아?'

이수수는 못 이긴 척 그의 등에 업혔다.

이 남자의 등은 정말 넓고 편했다.

어릴 적 아버지의 등만큼이나.

"흠, 이제 어디로 가지?"

사운평이 조금 전보다 밝은 표정으로 중얼거렸다.

등에 무게감이 느껴지자 기분이 한결 나아졌다.

이수수의 몸은 정말 부드러웠다. 봉긋한 가슴의 감촉은 말할 것도 없었고.

이 기분대로라면 숭산까지 쉬지 않고 달릴 수 있을 것 같았다.

"맞아, 숭산으로 갈까?"

이수수의 동생은 청부의 성사 여부와 관계없이 자신을 제거하려 했다. 가만둘 수 없었다.

신의를 배신한 행위는 죽음으로 다스려야 하는 법.

또한, 자신을 죽이겠다고 추적한 이가장의 무사들에게도, 그들이 어떤 잘못을 했는지 아주 확실하게 알려 줘야 했다.

하지만 아직은 아니었다.

이가장은 정주 제일일 뿐만 아니라 강호에서도 알아주는 세력이다.

그런 이가장을 혼자서 상대한다는 것은, 달랑 망치 하나 들고 암산을 쪼개겠다고 달려드는 것과 같았다.

더구나 자신은 지난 이 년 동안 너무 놀아서 제 실력의 반도 발휘하기가 힘들었다.

적어도 지금보다 배는 더 강해져야 절반의 가능성이라도 생길 터.

'그래, 운해곡으로 가자.'

중악(中嶽) 숭산(崇山)의 수많은 계곡 중 하나인 운해곡은, 그가 사부와 함께 구 년 동안 지내며 사문의 무공을 수련했던 곳이다.

구 년 동안 외부 사람을 단 한 명도 구경하지 못할 정도로 험하고 깊은 곳. 자신에게는 지옥과 다름없는 곳.

숭산의 터줏대감인 소림사의 승려도 그곳은 오지 않는다.

그곳으로 가면 이가장의 추적도 걱정할 필요가 없겠지.

'후우, 운해곡을 향해선 오줌도 싸지 않겠다고 다짐했는데…….'

하지만 어쩔 수 없다. 목적을 위해서 과거의 아픔을 잠시 접는 수밖에.

'응?'

사운평의 신경이 날카롭게 반응한 것은 주점을 나선지 한 시진쯤 지났을 때였다.

밤이 깊은 데다 이수수가 위험할 것 같아서 산길이 아닌 관도를 택했다.

그것이 실수였나 보다.

추적대가 자신들을 찾아낸 것 같다.

'제기랄! 너무 방심했어.'

속으로 자신을 다그친 사운평은 걸음을 빨리했다.

이수수만 없다면 빠져나가는 것은 어렵지 않았다. 그러나 여기까지 데려와 놓고 이제 와서 버릴 수는 없었다.

자존심 문제라기보다 오기였다.

어디 누가 이기나 끝까지 해보자는 오기.

남들은 어떻게 생각할지 몰라도, 버리기 아까워서 그러는 것은 절대 아니었다.

"꽉 잡아. 놓지 말고."

이수수는 어깨를 잡았던 손에 힘을 주고 몸을 바짝 붙였다. 그녀의 심장 박동이 등을 통해서 사운평에게 그대로 전해졌다.

힘이 솟은 사운평은 품속에서 칼을 빼 들었다. 그러고는 싸늘하게 가라앉은 눈으로 사위를 둘러보며 달리듯이 빠르게 나아갔다.

그렇게 오십여 장을 달려갔을 때였다. 어두운 좌우 풀숲에서 무기를 든 자들이 튀어나왔다.

모두 여섯 명. 그중 한 사람이 앞으로 나오며 음침한 웃음을 흘렸다.

"후후후, 하마터면 놓칠 뻔했군."

걸음을 멈춘 사운평은 그를 노려보았다.

이수수를 구하러 온 자들이라면 아가씨를 풀어 주라고 하든, 걱정의 눈빛을 짓든 해야 한다. 그런데 그녀에 대해서는 한 마디도 없다.

둘 모두를 죽이기 위해서 온 자들이라는 뜻.

"나와 이 아가씨를 죽이려면 너희들도 목을 걸어야 할걸?"

"일개 납치범 따위가 본가의 정예무사를 죽일 수 있을 줄은 생각도 못 했지. 더구나 포위망을 뚫고 여기까지 오다니, 아주 대단해. 하지만 더 이상은 용납할 수 없다."

그자는 마흔 살 정도로 보였다.

어둠 때문에 흰머리나 주름이 보이지는 않는 걸 생각하면 몇 살 정도는 차이가 날 수도 있었다.

섬홍검(閃紅劍) 유철귀.

이가장에 머물고 있는 열여덟 명의 빈객 중 하나로 검의 고수였다.

이전에 만났던 청의 무사와는 차원이 다른 진짜 고수.

사운평도 그에게서 흘러나오는 강력한 기운을 느끼고 마음이 무거워졌다.

이수수만 없다면 정면 대결도 해볼 수 있는 상대였다. 그러나 이수수를 업고서는 승산이 반도 되지 않았다.

더구나 적은 여섯.

다행이라면, 달이 떠 있긴 해도 어두운 밤이라는 것이다.

"까는 소리 그만하시지!"

대뜸 한소리 내뱉은 사운평은 칼을 앞세우고 몸을 날렸다.

추적해 오는 자들이 언제 몰려들지 모른다. 그 전에 포위망을 뚫고 빠져나가지 못하면 끝장이었다.

쉬아악!

사운평의 칼이 어둠을 갈랐다.

간결하면서도 빈틈을 파고드는 날카로운 일격.

"조심해! 보통 놈이 아니다!"

포위하고 있던 자들은 사람을 업은 사운평의 움직임이 예상했던 것보다 빠르자, 화들짝 놀라서 거리를 벌렸다.

사운평은 그 틈을 놓치지 않고 포위망 사이로 빠져나가기 위해 몸을 날렸다.

"이 쥐새끼 같은 놈이!"

"어딜 도망가려고!"

양쪽에서 두 청의 무사가 달려들었다.

순간, 포위망을 빠져나갈 것 같던 사운평이 홱 몸을 돌리더니 좌측의 청의 무사를 공격했다.

"엇!"

생각지 못한 역습에 청의 무사가 멈칫했다.

거의 동시에 사운평의 짧은 칼이 실낱같은 빈틈을 파고들었다.

슈각!

겨드랑이를 훑으며 뼈와 살을 가르고 위로 솟구친 칼날이 달빛에 번뜩였다.

"크억!"

처절하게 울리는 외마디 비명.

'하나.'

사운평은 그를 쳐다보지도 않고 몸을 틀더니, 우측에서 달려드는 자의 품속으로 파고들었다.

생각지도 못한 행동.

우측의 청의 무사는 다급히 검을 내질러서 역공을 취했다.

사운평은 눈 한 번 깜박이지 않고 몸을 낮추어서 상대의 검을 머리

위로 흘려보냈다.

동시에 전광석화처럼 칼을 휘둘러서 상대의 팔을 갈라 버렸다.

'둘.'

"아악!"

청의 무사는 비명을 내지르며 정신없이 뒤로 물러났다. 그가 물러설 때마다 팔꿈치에서 괴이하게 꺾인 팔이 덜렁거리고 핏줄기가 뿜어져 나왔다.

"이노오옴!"

가소롭다는 표정으로 지켜보고 있던 유철귀가 노성을 내지르며 사운평을 공격했다.

그는 다른 자들에 비해서 월등히 강했다.

그의 검과 부딪칠 때마다 강함이 그대로 느껴졌다.

결국, 삼 초식의 공방이 이어지는 동안 유철귀의 검이 사운평의 몸 두어 곳에 흔적을 남겼다.

따다당!

사운평은 주르륵 물러서며 상대의 검을 쳐 내고는, 그 즉시 땅을 박차고 뒤로 몸을 날렸다.

온몸이 욱신거렸다. 특히 등 뒤의 이수수를 보호하느라 반사적으로 몸을 틀면서 어깨를 다쳤는데, 아무래도 상처가 깊은 듯했다.

단숨에 삼 장을 날아간 그는 망설이지 않고 관도 옆의 풀숲으로 뛰어들었다.

분노한 유철귀가 악을 쓰듯이 외쳤다.

"놈을 쫓아라!"

풀숲으로 뛰어든 사운평은 전력을 다해서 달렸다.

'지미, 내가 미쳤지.'

이수수가 어떻게 되든 생각하지 않고 공격했으면 다칠 일도 없었다.

그런데 무의식중에 반사적으로 몸을 틀어서 이수수 대신 자신이 다치고 말았다.

미칠 일이었다.

이게 무슨 멍청한 짓이란 말인가!

자신이 왜 이수수를 대신해서 다쳐야 한단 말인가!

생각할수록 짜증만 나는 바람에 다친 어깨가 배는 더 아프게 느껴졌다.

등으로 느껴지는 가슴의 감촉만 아니어도 한쪽에 내던져 버렸을 텐데…….

'제길. 드럽게 아프네.'

때마침 구름이 달을 가린 것은 천행이었다.

갈지자를 그리며 오백여 장을 달리자 적과의 거리가 멀어졌다.

사운평은 적의 추적이 느껴지지 않을 때쯤에서야 걸음을 멈추고 휴식을 취했다.

온몸이 욱신거렸다.

상처를 입은 곳은 세 군데. 모두 앞쪽이었다. 이수수를 보호하려고 하지 않았다면 최소한 그중 두 곳은 상처를 입을 일이 없었다.

그는 혈도를 눌러서 지혈부터 하고 피를 닦아 냈다. 그러고는 상시 갖고 다니던 금창약을 꺼내서 상처에 뿌렸다.

"크으으으."

약이 상처 깊숙한 곳에 뿌려지자 불로 지지는 것 같은 고통이 밀려들었다.

한쪽에 앉아 있던 이수수는 안쓰러운 표정으로 사운평을 바라보았다.

그녀도 모르지 않았다. 사운평의 상처가 자신을 보호하려다 생긴 것이라는 걸.

미안하고 고마웠다.

자신을 납치한 걸 생각하면 자업자득이라고 할 수도 있었다. 하지만 어차피 저 사람이 아니어도 청부 의뢰를 한 자는 자신을 죽였을 것이다. 그리 생각하면 저 남자를 만난 것은 행운이었다.

그때 상처를 대충 치료한 사운평이 그녀에게 물었다.

"괜찮아?"

고개를 끄덕이는 이수수의 얼굴이 붉어졌다.

다친 사람은 자신이 아니다. 그런데 오히려 자신을 걱정해 준다.

그녀의 머리로는, 저런 사람이 자신을 납치했다는 게 이해되지 않았다.

'말투가 좀 거칠어서 그렇지, 본성은 순진한 사람 같아.'

이수수는 그때까지도 사운평이 그녀를 죽이지 못해서 납치했다는 걸 알지 못했다.

사운평은 팔을 두어 번 움직여 본 후 일어났다.

저릿저릿한 고통 외에 큰 불편은 없었다. 상대의 검에 깊숙이 찔렸는데 다행히 힘줄이나 근육은 무사한 듯했다.

옆에 있는 석 자 높이의 바위로 올라간 그는 어둠에 잠겨 있는 서쪽 하늘을 바라보았다.

숭산에서 길게 뻗은 산줄기까지 이제 이삼십 리.

그곳까지만 가면 추적을 따돌릴 수 있을 듯했다.

'개자식들, 일을 맡겨 놓고 나까지 죽이려고 해? 기다려라, 이놈들. 업계의 불문율을 깬 놈들에게 어떤 벌이 내려지는지 확실히 알려 주마.'

* * *

동이 틀 무렵.

사운평은 이수수를 업고서 숭산의 산줄기를 따라 깊은 곳으로 들어갔다.

운해곡으로 가는 길은 험하고 복잡했다. 자신이야 익숙한 길이어서 힘들 것도 없지만, 이수수 혼자서는 접근하는 것조차 어려웠다.

그래서 잠깐씩 쉴 때를 제외하고는 그가 업고 이동하는 수밖에 없었다.

사운평과 이수수는 그날 해가 질 무렵이 되어서야 운해곡의 통나무집에 도착했다.

운해곡의 통나무집은 여전했다.

지붕과 마당에 풀이 자란 것을 제외하면 자신이 떠날 때와 크게 달라진 것이 없었다.

이수수를 한쪽에 내려놓은 그는 일단 통나무집 안을 정리했다.

혼자 지낼 때야 상관없지만, 어쨌든 여자가 있지 않은가.

그녀를 쓰레기통 같은 집에서 지내게 할 수는 없었다.

통나무집의 방은 두 개였다. 하나는 자신의 방, 하나는 사부의 방.

사운평은 사부의 방을 먼저 정리했다.

"앞으로 이 방에서 지내. 마음에 안 들어도 별수 없어. 어차피 밖으로 나가면 너를 죽이려는 자들이 득시글거리니까."

그의 걱정과 달리 이수수는 운해곡이 마음에 들었다.

아름다운 산세와 여기저기서 들리는 새소리.

거기다 저 남자의 말대로 최소한 이곳에는 자신을 죽이려는 사람들이 없었다.

자신을 찾고 있을 가족들에 대한 걱정만 아니라면 이곳에서 오래 지내도 괜찮을 것 같았다.

"먹을 것은 걱정 마. 두 사람이 먹을 수 있을 정도의 식량은 이곳에서 구할 수 있으니까."

이수수는 그 일에 대해서 조금도 걱정하지 않았다. 대책이 있으니 이곳에 들어왔겠지.

"나는 사문의 무공을 수련할 거야. 심심하면 소일거리를 찾아봐."

이수수는 순순히 고개를 끄덕였다.

가슴이야 답답했지만 당장 그녀가 할 수 있는 일은 아무것도 없었다.

정주에서 일이 벌어졌는데도 찾아온 자들은 모두 자신을 죽이지 못해 혈안이었다.

이가장이 어떻게 된 것은 아닐까?

* * *

통나무집에서 백여 장 위쪽으로 올라가면 동굴이 하나 나왔다.

동굴 앞은 바위로 교묘하게 가려진 데다 넝쿨마저 늘어져 있었다.

입구는 한 사람이 겨우 빠져나갈 정도로 좁아서, 바로 앞에 서 있어도 그곳에 동굴이 있는지 알아보기 힘들었다.

그러나 넝쿨을 젖히고 안으로 삼 장 정도만 비집고 들어가면 걷는 데 지장이 없을 정도로 통로가 넓어졌다.

그리고 이십여 장을 들어가면 눈이 휘둥그레질 만큼 넓은 동굴 광장이 나왔다.

그곳이 바로 비천문 다섯 유파 중 하나인 살천류(殺天流)의 수련동이었다.

횃불을 들고 수련동으로 들어간 사운평은 일단 벽에 붙어 있는 등잔에 불을 붙였다.

"젠장, 진짜 들어오고 싶지 않은 곳인데……."

그의 사문인 비천문은 태생부터가 무척 특이했다.

비천문의 조사인 조천자(嘲天子)는 천 년에 하나 나올까 말까 한 무공의 천재였다. ―사실인지 알 수는 없지만, 사부께서 그렇다고 했으니 믿는 수밖에.―

젊은 시절 천하의 수많은 무공을 섭렵한 그는 특성이 판이한 무공

다섯 가지를 창조했다. 그리고 다섯 가지 무공의 우열을 가리기 위해서, 천하를 뒤져 제자 다섯을 고른 다음 자신이 만든 무공을 가르쳤다.

패(覇), 음(陰), 양(陽), 귀(鬼), 살(殺).

각기 다른 무공을 익힌 다섯 제자는 서로 얼굴 한 번 보지 못했다. 심지어 처음에는 자신들에게 사형제가 있다는 것도 알지 못했다.

조천자가 알려 주지 않았으니까. 알면 사형제의 정 때문에 제대로 된 승부를 가릴 수 없을까 봐.

훗날 사형제들이 강호의 패권을 놓고 전쟁을 벌인 것도 그 때문이었다.

다섯 제자는 나중에서야 자신들이 사형제라는 것을 알았지만, 그때는 이미 서로의 가슴에 깊은 상처가 생긴 후였다.

그로부터 수백 년 동안 다섯 유파로 갈라진 비천문은 강호에 나타나지 않았다. 이름조차 잊혀졌다.

비천문의 심오한 무공을 깨달을 수 있는 기재가 없었기 때문이다.

그러다 백수십 년 전, 다섯 유파 중 패왕(覇王), 천화(天火), 귀혼(鬼魂)이 동시에 힘을 드러냈다.

서로의 존재를 알고 있던 그들은 암중(暗中)에서 천하를 놓고 한판 승부를 벌였다.

세상 사람들이 모르는 사이 천하의 향배를 가르는 싸움이 시작된 것이다.

그런데 일 년쯤 지난 어느 날, 셋 모두가 약속이라도 한 듯 사라져 버렸다.

그 당시 살천류와 빙백류(氷魄流)는 끼어들지 못했는데, 살천류 같은 경우는 진전을 이을 제자를 찾지 못했기 때문이었다.

아니, 제자가 있긴 했는데 살천류의 비기를 제대로 익히지 못해서 끼어들 엄두도 내지 못했다.

빙백류의 경우에는 이유조차 알려지지 않았고.

"그러고 보면 우리 비천문도 문제가 많군. 사형제들끼리 죽기 살기로 싸우다니. 쯔쯔쯔, 한마디로 집안이 개판이었던 거지 뭐."

고개를 설레설레 저은 사운평은 정면에 있는 석실로 들어갔다.

그 석실의 벽에 살천류의 핵심이라 할 수 있는 사대무공이 남겨져 있었다.

*　　*　　*

사운평은 살림을 모두 이수수에게 맡기고 수련동을 오가며 수련에 열중했다.

열심히 수련을 하고 돌아가면 먹을 것이 준비되어 있었다. 게다가 의외로 음식도 잘해서 사운평의 입이 호사를 누렸다.

통나무집 안팎도 사부와 둘이 살던 때와 비교하면 천양지차일 정도로 깨끗해졌다.

그는 마치 부인이 뒷바라지를 해주는 것 같아서, 사부와 함께 있을 때보다 열 배는 더 즐겁게, 열심히 수련에 임할 수 있었다.

덕분에 그의 무공은 일진월보(日進月步), 일취월장(日就月將)했다.

아마 무덤 속에 있는 암천살객이 알면 '저놈이 드디어 정신을 차렸구나!' 하며 관에서 벌떡 일어났을지 몰랐다.

이수수를 죽이지 못해서 데려왔다는 걸 알면 다시 쓰러져서 백골의 뒤통수가 바위에 부딪쳐 깨졌겠지만.

'쳇, 사부가 조금만 따뜻하게 대해 줬어도 내가 왜 미워했겠어?'

수련에 전념하다 보니 시간이 쏜살같이 흘렀다.

가을이 오는가 싶더니 금방 겨울이 다가왔다.

그런데 늦가을 찬바람이 불던 어느 날…….

사운평이 그동안 잡은 짐승의 가죽 중 부드럽고 털이 많은 것을 손질해서 엉성한 가죽옷을 네 벌 만들었다.

두 벌은 자신 것, 두 벌은 이수수 것.

"받아. 산속의 겨울은 무척 추워. 좀 투박해도 입어."

이수수는 가죽옷을 펼치더니 묘한 표정을 지으며 고개를 삐딱하게 틀었다.

마치 '이것도 옷이야?' 그렇게 묻는 듯했다.

사운평은 그런 이수수의 표정이 마음에 안 들었다.

나름대로 열심히 만들었는데 말이지.

"마음에 안 들어도 입어, 인마."

그래서 퉁한 목소리로 말했는데, 다행히 이수수는 옷이 마음에 안 드는 것은 아닌 듯 고개를 설레설레 저었다.

그러고는 사운평을 가리키며 손짓 몸짓을 했다.

—당신 것은 어디 있어요?

그렇게 말하고 싶은 듯.

사운평은 지난 몇 달간의 경험으로 이수수의 손짓을 바로 이해했다.

"내 것? 방에 있어. 왜?"

—제가 손을 보려고요.

"네가 다시 만들려고?"

이수수가 배시시 웃으며 고개를 끄덕였다.

"그래? 그럼 잠깐만 기다려."

사운평은 자신의 방으로 가서 가죽옷을 가지고 나왔다.

이수수가 손을 내밀자 그는 무심코 가죽옷을 건네주었다.

그의 가죽옷은 무척 컸다.

가죽옷을 들고 몸을 돌리던 이수수가 땅까지 축 처진 가죽옷을 밟는 바람에 휘청거렸다.

"어? 조심해."

사운평이 반사적으로 손을 뻗어서 이수수의 허리를 붙잡았다. 그런데 그녀가 휘청거리는 바람에 자신도 모르게 손에 힘이 들어갔다.

뒤에서 안은 것이나 마찬가지인 상황. 당연히 손은 그녀의 앞쪽을 잡은 상태였다. 물론 허리만 잡은 것이 아니었다.

'헉!'

벼락이라도 맞은 듯 사운평이 황급히 그녀를 놓고 눈을 크게 떴다. 이수수도 깜짝 놀라서 가죽옷을 바닥에 떨어뜨렸다.

"어…… 고, 고의로 만진 거 아냐. 알지?"

당황한 사운평이 더듬거렸다.

얼굴이 빨개진 이수수는 허리를 숙이고 가죽옷을 주워들었다.

"내, 내가 갖다 줄게."

사운평이 황급히 달려들어서 가죽옷을 대신 들었다.

가죽옷을 집어 든 그는 가자미눈으로 이수수를 훔쳐보았다.

'등에 닿았을 때와는 느낌이 너무 다르네.'

뭉게구름을 손으로 만질 수 있다면 그런 느낌이었을까?

생각만으로도 심장이 배는 빠르게 뛰었다.

왠지 아쉬웠다.

조금 더 잡고 있을 걸 그랬나?

이수수는 가죽옷을 꼼꼼히 손질해서 제법 그럴듯하게 변모시켰다.

역시 그런 면은 남자보다 여자가 나았다.

그뿐만 아니라 이수수의 그늘진 표정도 전과 달리 밝아졌다.

얼굴에 드리워져 있던 그늘이 걷힌 이수수는 사운평의 마음을 뒤흔들 정도로 아름다웠다.

말만 할 수 있으면 더 좋을 텐데.

사운평은 아쉬웠지만 어쩔 수 없었다. 벙어리의 입을 트게 할 재주가 없는 이상은.

한편으로는 말을 못 하는 게 나을지 모른다는 생각도 들었다.

잔소리를 안 하니까.

그렇다고 해서 대화를 전혀 안 나누는 것은 아니었다.

"이게 뭐야? 어제 잡아다 준 토끼는 혼자 다 먹었어? 왜 풀만 있지?"

"오늘은 음식이 이상하네. 소화루의 음식만 못한 것 같아."

가끔은 그런 식으로 음식 투정도 부렸다. 뾰루퉁한 모습으로 손짓 몸짓하며 변명을 해 대는 모습을 보면 웃음이 절로 나왔다.

"오! 오늘은 웬일이지? 음식이 기가 막히군. 혹시 전생에 숙수였던 거 아냐?"

"이야, 입에서 살살 녹는군."

칭찬을 해 줄 때도 있었는데, 그럴 때마다 배시시 웃는 그녀의 모습은 황홀할 정도로 아름다웠다. 그 모습을 본 것만으로도 며칠간 쌓인 피로가 다 풀리는 듯했다.

그런데 시간이 갈수록 이수수에 대한 마음이 이상한 쪽으로 흘렀다. 사운평은 그러한 느낌을 받을 때마다 흠칫하며 머리를 박박 긁었다.

납치한 여자를 좋아하다니. 그게 말이 돼? 더구나 저 여자는 자신과 맺어질 수도 없는 여자잖아? 주제를 알아야지.

속으로 그렇게 다그치며 털어내려 했지만 이미 그의 마음속에는 이수수가 단단히 새겨져 있었다.

엉겁결에 만졌던 가슴의 감촉은 영원히 잊히지 않을 것 같았고.

언제 또 만질 수 있을까?

*　　*　　*

사운평은 싱숭생숭, 흔들리려는 마음을 다잡기 위해서 더욱더 수련에 매달렸다.

마치 무공 수련에 미친 사람처럼.

그렇게 겨울이 지나고 봄이 왔다.

계곡 곳곳에 두껍게 얼어 있던 눈과 얼음이 녹고, 봄을 알리는 꽃향기가 산 곳곳에서 피어나기 시작했다.

이수수는 꽃을 찾아서 계곡 안을 돌아다녔다.

사운평이 평소보다 한 시진 정도 일찍 수련을 마치고 동굴을 나왔을 때에도 그녀는 쪼그리고 앉아서 꽃을 바라보고 있었다.

이십여 장 위쪽에 멧돼지가 나타난 것을 까맣게 모른 채.

뒤늦게 부스럭거리는 소리를 들은 그녀는 고개를 돌렸다.

하필 그때 멧돼지와 눈이 딱 마주쳤다.

멧돼지는 새끼를 거느리고 있었다. 새끼가 있는 멧돼지가 위험하다는 것을 모르는 그녀는 몸을 일으켰다.

멧돼지가 앞니로 땅을 긁으며 새끼 앞으로 나섰다.

이수수는 주춤거리며 뒤로 물러서면서 손을 저었다.

—저리 가. 나는 너를 공격하려는 게 아냐.

하지만 멧돼지는 그녀의 마음을 알아주지 않았다. 오히려 그녀의 손짓을 위협으로 생각했다.

씩씩거리며 땅을 박찬 멧돼지가 그녀를 향해 돌진했다.

두두두두.

몸을 돌린 그녀는 전력을 다해서 뛰었다.

그녀도 무가의 자식이었다. 비록 무사가 되기 위한 수련은 아니었지만 어릴 때부터 무공을 익힌 터였다.

그러나 앞을 가로막은 나뭇가지 때문에 달리기가 쉽지 않았다. 더구나 울퉁불퉁 튀어나온 돌이 그녀의 걸음을 막았다.

'악!'

풀 속에 가려져 있던 돌에 발이 걸린 그녀는 속으로 비명을 내지르며 앞으로 꼬꾸라졌다.

멧돼지와의 거리가 순식간에 좁혀들었다.

안색이 하얗게 탈색된 그녀는 바닥을 기어서라도 그곳을 벗어나려 했다. 하지만 그녀의 움직임보다 멧돼지의 속도가 훨씬 빨랐다.

멧돼지가 엄니를 앞세우고 그녀를 향해 달려들었다.

'안 돼!'

이수수는 온몸이 굳은 채 두 팔로 얼굴을 가렸다.

그때였다.

퍽!

"이 돼지 자식이 어디서 사람에게 달려들어!"

갑자기 들리는 목소리.

얼굴을 가린 손 사이로 낯익은 모습이 보였다.

사운평이었다.

자신에게 달려들던 멧돼지는 저만큼 나가떨어져서 씩씩거리고 있었다. 충격이 얼마나 큰지 다시 달려들지도 못하고 눈치만 봤다.

"너 오늘 운 좋은 줄 알아. 새끼만 없었으면 오늘 밤 통구이가 되었을 거다. 꺼져!"

사운평이 눈을 치켜뜨고 위협적인 자세를 취했다.

멧돼지는 자신의 상대가 아니라는 생각이 들었는지 새끼가 있는 쪽으로 도망쳤다.

그제야 사운평이 고개를 돌려서 이수수를 돌아다보았다.

"괜찮아?"

끄덕끄덕.

"이런, 발을 다쳤잖아?"

사운평은 이수수의 발을 보고 눈을 크게 떴다. 돌에 걸렸던 이수수의 발에서 피가 나고 있었다.

이수수는 발을 오므리며 손짓을 했다.

—저는 괜찮아요.

그녀 앞으로 다가간 사운평은 잠시 머뭇거리더니 몸을 돌려서 등을 내밀었다.

"업혀."

"……."

"뭘 망설여? 전에도 업힌 적 있잖아?"

이수수는 머뭇거리면서 사운평의 등에 업혔다.

그녀를 업고 일어선 사운평은 손을 뒤로 돌려서 그녀의 엉덩이를 받쳤다.

등과 손에서 느껴지는 푹신한 감촉.

심장이 갑자기 빨라졌다. 손에서 땀이 나는 듯했다.

'으음, 정말 부드럽다니까.'

이수수는 사운평의 어깨를 잡고 살며시 얼굴을 등에 댔다.

여전히 사운평의 등은 넓고 아늑했다.

눈을 감으니 빠르게 뛰는 심장 고동이 등을 통해서 느껴졌다.

"이봐, 왜 여기까지 나온 거야?"

사운평은 질문을 하고 나서야 이수수가 말을 못 한다는 걸 떠올렸다.

그때 이수수가 손가락으로 사운평의 등에 글자를 한 자 썼다.

화(花).

그녀가 등에 획을 그을 때마다 사운평은 자신도 모르게 부르르 떨었다. 정말 묘한 느낌이었다.

이수수도 떨림을 느꼈는지 웃음을 지으며 소리 없이 킥킥댔다. 다행히 소리가 나지 않아서 사운평은 그녀가 웃는 것을 알지 못했다.

"꽃 보려고?"

예.

"그래도 조심해야지. 멧돼지는 새끼가 있을 때 진짜 위험하단 말이야."

알았어요.

사운평은 이수수를 업고 집으로 가는 길이 너무 가깝다는 생각이 들었다. 조금 더 멀어도 되는데.

'천천히 걸을걸.'

그나마 발을 다쳐서 내려달라고 하지 않는 것이 마음에 들었다.

사실 이수수도 그의 등에서 일찍 내리고 싶은 마음이 없었다.

'이 사람의 등은 정말 편해.'

* * *

이수수의 발은 엄지발톱이 빠지다시피 했다.

수련을 하면서 숱하게 다쳐 본 사운평은 산에서 나는 약초로 그녀의 발을 치료했다.

다행히 발톱만 이상이 있을 뿐 뼈는 괜찮은 듯했다. 진달래가 만발할 즈음에는 걷는 데 이상이 없을 정도로 나았다.

사운평은 그때쯤 운해곡을 떠나기로 결심했다.

운해곡에 들어온 지 십 개월.

구 년을 수련한 것보다 더 많은 것은 얻은 기분이었다.

마음 같아서는 한 일 년 정도 더 머물고 싶었다.

이수수와 함께 지내는 것이 즐거워서 그런 것만은 아니었다. 그 정도 시간이면 살천류의 사대무공 중 단 한 사람밖에 익히지 못했다는 살천무무공(殺天無無功)에 도전해 볼 수도 있을 듯했다.

정말 그것이 이유의 전부였다. 이수수에게 음흉한(?) 마음이 들어서가 절대로 아니었다,

하지만 걱정되는 일이 너무 많았다.

이가장이 자신과 흑질회의 관계를 알아냈을지 몰랐다. 그 언니라는 독한 여자가 어떤 수작을 부렸을지도 모르고.

그럴 경우 도도 누나가 위험해질 수 있었다.

어쩌면 이미 해를 입었을지도…….

"가져갈 것 있으면 챙겨. 이곳을 떠날 거니까."

이수수의 표정이 어두워졌다.

그녀는 운해곡을 떠나야 한다는 게 두려웠다. 가족을 보고 싶은 마음이야 간절했지만, 밖으로 나가면 사람들이 또 자신을 죽이려 할 것이 아닌가.

그녀는 이곳에서 영원히 사운평과 함께 살았으면 싶었다. 업힌 것과 옆구리에 안긴 것을 제외하면 손도 제대로 잡아 보지 못한 사이지만, 이제 그녀에게 사운평은 벗어날 수 없는 운명이었다.

하지만 그녀는 곧 그 생각을 포기했다. 사운평이 나가려는 이유를 아는 이상 따라가지 않을 수 없었다.

사운평은 이가장에 복수를 하려 할 것이다. 그의 복수를 막아야 했다.

이가장을 위해서가 아니었다. 사운평을 구하기 위해서였다.

그녀가 아는 이가장은 사운평의 힘으로 꺾을 수 있는 곳이 아니니까.

떠날 준비를 마친 그녀는 가슴에 오랫동안 담아 놓았던 의문에 대해서 물어보았다. 작대기로 땅바닥에 글씨를 써서.

저는 동생이 없어요. 그런데 왜 전에 동생이 저를 죽일 거라고 했어요?

글씨를 바라보던 사운평은 눈을 껌벅였다.

"무슨 소리야? 분명히 의뢰자가 언니를 죽여 달라고 했는데?"

저는 정말로 동생이 없어요.

"왜 없어? 이연연이라고 있잖아? 내가 이가장의 자매 이름도 알아보지 않은 줄 알아? 네가 이수수, 동생이 이연연. 맞지?"

이수수는 사운평을 멍하니 바라보더니, 눈꺼풀을 파르르 떨면서 다시 글을 썼다. 그런데 손이 워낙 떨려서 글자까지 삐뚤어졌다.

제가…… 이연연이에요. 이수수는…… 제 언니예요.

이수수가 첩의 딸인 것은 맞았다. 사운평이 들어갔던 방의 주인도 분명 이수수였다.

그러나 그날 그 방에서 잠들었던 사람은, 이수수가 아니라 이연연이었다.

이수수는 그날 밤, 꼭 할 말이 있다면서 이연연을 자신의 방으로 초청했다. 그리고 시비를 통해서, 급한 일 때문에 밖에 나가 있으니 자수나 놓으면서 기다리라는 말을 전했다.

이연연은 자수를 놓던 중 목이 마르자, 시비가 가져다준 차를 마셨다.

그런데 갑자기 졸려왔다. 졸음을 참지 못한 그녀는 자수 놓던 걸 멈추고 이수수의 침상에 누웠다.

'곧 오겠지, 그때까지만 누워 있어야지.' 하면서.

그런데 그녀가 정신을 차렸을 때는 오두막 안이었다.

그녀는 자신이 이가장과 원한 관계인 누군가의 지시에 의해서 납치되었다고 생각했다.

사운평에게 물어볼까 생각도 해 봤지만, 지시를 내린 자를 안다는 게 너무 무서웠다. 혹시라도 자신과 친한 사람이라면 못 견딜 것 같았다.

그래서 궁금함을 참고 있었거늘, 자신을 죽이려 한 사람이 다른 사람도 아닌 이수수라니!

이연연은 너무나 큰 충격에 막대기를 던지고 주저앉아서 무릎에 얼굴을 묻었다.

오 년 전, 어머니가 미쳐 날뛰는 말에게 밟혀서 돌아가시는 광경을 직접 목격한 후 그 충격으로 목소리를 잃었다.

그때부터 그녀는 사람들을 멀리하며 자신의 거처에서만 지냈다. 심지어 아버지와도 글씨로 대화하는 게 서글퍼서 자주 얼굴을 대하지 못했다.

그녀가 벙어리라는 것이 세상에 알려지지 않은 것은 바로 그러한 이유 때문이었다.

그렇게 살아가는 그녀에게 유일한 위안이 되어 준 사람은, 자신을 자주 찾아와서 이런저런 바깥 이야기를 들려주던 언니, 이수수였다.

"끄으으으으……."

끝내 그녀의 목구멍에서 억눌린 슬픔이 터져 나왔다.

사운평은 처음으로 듣는 그녀의 목소리에 흠칫 놀랐다.

이수수, 아니 이연연은 팔목에 상처가 날 때도, 발이 엉망이 되었을 때도 일절 소리를 내지 않았다. 아니, 내지 못했다.

그런데 비록 신음 같은 소리긴 하지만 우는 소리를 낸 것이다.

하지만 그는 그 일이 무엇을 뜻하는지 생각할 겨를이 없었다.

'뭐야, 이수수가 아니라 이연연이라고? 그럼 동생이 언니를 죽여 달라고 한 게 아니라, 언니가 동생을 죽여 달라고 한 거잖아? 도대체 어떻게 된 거야?'

어이가 없었다.

그가 이수수, 아니 이연연의 이름을 물어보기만 했어도 진즉 알았을지 몰랐다.

하다못해 그녀를 부를 때 이름으로 부르기만 했어도 그녀가 자신의 이름을 수정해 줬을지 몰랐다.

하지만 그는 이연연이 이수수일 거라 철석같이 믿고 있었기에 물어볼 생각도 하지 않았다.

그리고 이름을 부르기 어색해서 '이봐' , '어이' 하는 식으로만 불렀다.

게다가 잠깐 쉴 때와 잠잘 때, 식량을 구하러 나갈 때를 제외한 시간은 하루도 빼지 않고 수련만 하다 보니 정식으로 대화를 나눈 적이 한 번도 없었다.

벙어리와 대화를 나눈다는 것 자체가 조금 이상했으니까.

사운평은 머리를 암벽에 받아 버리고 싶었다.

'미치겠군! 에라, 멍청한 놈!'

이연연은 일각 이상을 운 다음에야 고개를 들었다. 그녀의 맑던 눈이 벌겋게 충혈되어 있었다.

그때 사운평이 그녀에게 넌지시 물었다.

"저기…… 이봐, 어떻게 된 거지? 왜 네가 그 방에 있었던 거야?"

이연연은 바로 대답하지 않았다.

그녀가 눈물을 뚝뚝 흘리며 한 자, 한 자 글을 쓰기 시작한 것은, 사운평이 참지 못하고 막 소리 지르기 직전이었다.

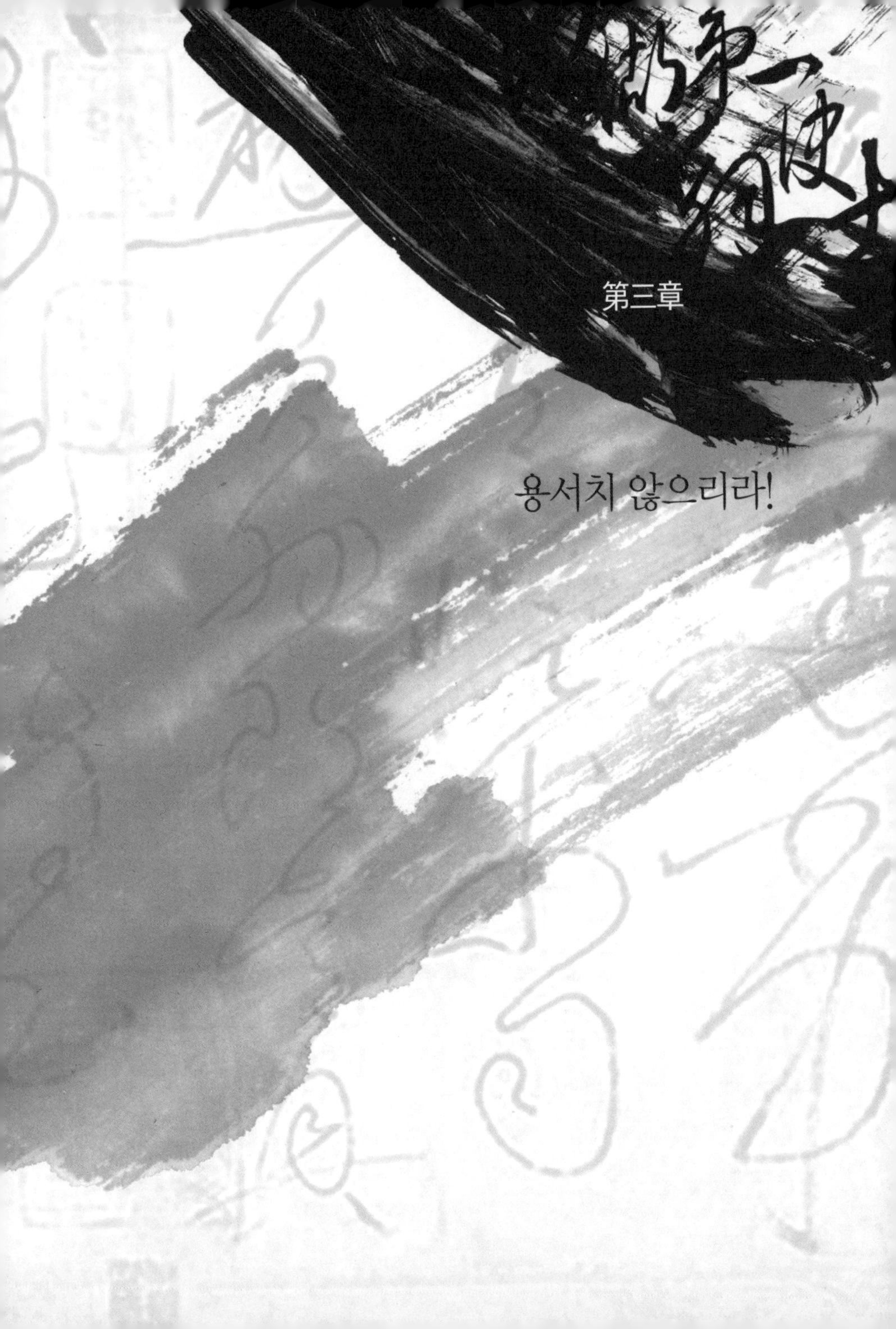

第三章

용서치 않으리라!

사운평은 이연연과 함께 운해곡을 나섰다.

이연연의 모습은 한 해 전에 비해서 많이 달라진 상태였다.

하늘거리던 치마 대신 홀가분한 경장을 걸쳤다. 거기다 머리마저 대충 묶어 놓으니 영락없이 선머슴아 같았다.

그래도 그녀의 아름다움은 여전했다. 전에는 집 안에서 잘 가꾸어 놓은 꽃이었다면, 지금은 계곡 바위 사이에 피어난 야생화였다.

사운평은 지금의 그녀 모습이 전보다 더 마음에 들었다.

'볼일을 다 보고 나면, 이연연과 멀리 도망가서 살까?'

그런 생각이 들 정도로.

'나를 싫어하지는 않는 것 같은데…….'

이틀 후.

정주성에 도착한 사운평은 성 외곽 구석진 곳의 객잔에 방을 얻었다. 그리고 밤이 되자 이연연을 객방에 남겨 놓고 혼자서 성 안으로 들어갔다.

성 안으로 들어간 그는 곧장 삼구통으로 갔다.

삼구통은 떠나기 전이나 지금이나 여전했다.

홍등이 내걸린 곳에선 욕설과 뒤섞여서 깔깔거리는 소리가 흘러나왔고, 어두컴컴한 골목 안에선 술 취한 놈들끼리 한바탕 싸움질에 열중이었다.

그는 주위를 살피며 도도가 있는 소화루로 향했다.

수염이 긴 데다가 머리카락까지 반쯤 내렸더니, 몇 번 안면이 있는 사람들조차 그를 알아보지 못했다.

소화루에 도착한 그는 멍하니 앞을 바라보았다.

소화루가 있던 자리에는 불에 탄 앙상한 기둥만 몇 개 서 있었다.

"어, 어떻게 된 거지?"

잠시 멍한 표정으로 소화루의 잔재를 바라보던 그는 주위에 있는 사람 아무나 잡고 물어보았다.

"이보쇼. 소화루가 언제 저렇게 된 거요?"

"작년 여름에 불이 나서 저렇게 되었다고 하더군."

작년 여름. 자신이 떠난 지 얼마 되지 않아서 불이 난 것 같다.

돌아선 그는 삼구통 끝에 있는 운락장(雲樂莊)으로 달려갔다.

장원 이름은 제법 그럴듯하지만, 그곳은 다름 아닌 흑질회의 회주, 동곽의 장원이었다.

'설마 도도 누나도 죽은 건 아니겠지? 안 돼, 그건 절대 안 돼!'

도도가 아니었다면 자신은 어릴 때 죽었을 것이었다. 굶어서 죽든, 거지 패거리에게 맞아 죽든.

그녀는 어머니를 잃고 고아가 된 자신을 자식처럼, 친동생처럼 보살펴 주었다.

그녀는 자신에게 자상한 어머니였고, 큰누나였다.

만약 그녀가 죽었다면, 그녀를 죽음으로 내몬 자가 있다면, 절대 용서치 않으리라!

그자가 황제라 해도!

사운평은 운락장에 정식으로 찾아가지 않고 담장을 넘었다.

아직 소화루가 불탄 이유를 알지 못했다.

자신과 전혀 상관없이 누군가의 부주의로 불이 났을 수도 있었다. 그러나 만에 하나라도 자신과 관계가 있다면, 그 일을 저지를 수 있는 곳은 두 곳뿐이다.

이가장과 흑질회.

담장을 넘은 사운평은 유령처럼 움직여서 동곽의 방을 찾아갔다. 두어 번 가 본 적이 있어서 찾는 것은 어렵지 않았다.

그런데 동곽의 방에는 동곽이 아닌 다른 장한이 술에 취한 채 누워 있었다.

'저놈은 누구지?'

처음 보는 자였다.

그러고 보니 언뜻 봤던 경비 무사들도 모두 처음 보는 자들이었다.

사운평은 한쪽 벽에 걸려 있는 칼을 들었다.

길이가 석 자쯤 되었는데, 흑도의 별 볼 일 없는 놈이 쓰기에는 아까울 정도로 멋진 모습이었다.

스릉.

칼을 빼 보았다. 완만하게 휘어진 도신, 푸른빛이 은은하게 맴도는 칼날은 더욱 멋졌다.

'이런 놈이 쓰기에는 너무 아깝군.'

칼을 쓱 훑어 본 사운평은 코를 골며 자고 있는 장한의 머리를 칼등으로 툭툭 두들겼다.

장한은 찡한 충격에 인상을 잔뜩 쓰며 눈을 떴다.

"어떤 놈이……!"

하지만 곧 코앞에 있는 칼을 보고 놀라서 눈을 홉떴다.

"누, 누구요?"

"몇 가지만 묻겠어. 대답 여하에 따라서 머리와 몸이 따로 놀 수도 있으니 선택을 잘해."

사운평은 칼을 장한의 목에 대고 싸늘한 어조로 압박했다. 가만히 있는 사람의 목을 잘라 버릴 자신은 없지만, 협박하는 것은 어렵지 않았다.

달려들면 목도 잘라 버릴 수 있고.

"첫째, 당신은 누군데 동곽의 방에 누워 있지? 동곽이 다른 곳으로 방을 옮겼나?"

장한은 안도하는 표정으로 자신 있게 대답했다.

"나는 흑건회의 회주인 고경탁이오. 동곽과 흑질회 놈들은 작년 여를 이가장에 의해서 몰살당했소. 그래서 우리 흑건회가 이 장원을 차지한 거요."

"그럼 동곽이 죽었단 말인가?"

"물론이오. 그는 이가장의 총관인 이추상에게 목이 잘려서 죽었소."

사운평은 어떻게 된 일인지 알 것 같았다.

자신을 죽여서 입을 막으려 한 이수수가 그 일에 가장 깊이 연루된 동곽을 죽이지 않는다면 그것이 더 이상했다.

조금 맥이 빠진 그는 두 번째 질문을 던졌다.

"소화루가 왜 불탔는지 알고 있나?"

"소화루에 불이 난 것은 동곽이 죽고 열흘이 지난 후였소. 하지만 불이 난 이유에 대해선 잘 모르오."

"이가장이 불을 질렀나?"

"잘은 모르지만, 그들은 범인이 아닐 거요."

"왜 그렇게 생각하지?"

"불은 한밤중에 갑자기 났소. 만약 이가장이 소화루를 없애려 했다면 굳이 밤에 불을 지르지 않았을 거요. 그들이 뭐가 두려워서 남의 눈을 피해 불을 지른단 말이오? 대낮에 찾아가서 쓸어버리면 되는데."

그의 말이 옳았다. 이가장이 일개 기루를 없애기 위해서 남몰래 불을 지른다는 것 자체가 웃기는 일이었다.

불을 지르느니, 도도를 잡아들인 후 자신에 대한 정보를 캐려 했을 것이다.

그럼 누가, 왜 소화루에 불을 지른 걸까?

'혹시 그 계집이?'

이수수. 그녀라면 가능한 일이다. 그녀는 이가장의 장주와 달리 몰래 처리하고 싶었을 테니까.

어쨌든 그 일은 좀 더 자세히 알아보면 될 일.

사운평은 마지막으로 가장 중요한 사실을 물어보았다.

"소화루의 주인이 어떻게 되었는지 알고 있나?"

묻는 목소리가 살짝 흔들렸다.

도도 누나가 잘못되었다는 답이 나올까 봐 두려웠다. 하지만 묻지 않을 수도 없는 일. 사운평은 질문을 던지고 초조한 마음으로 기다렸다.

반면 고경탁은 긴장이 조금 풀린 듯 담담한 목소리로 대답했다.

"살아남은 기녀들 이야기로는 불 속에 갇혀서 타 죽었다고 했소."

불끈, 사운평의 칼을 쥔 손에 힘이 들어갔다.

스윽, 칼날이 목을 파고들었다.

"불에 타 죽었다고? 그게 정말이냐?"

냉랭한 목소리로 묻는 사운평의 두 눈에서 살기가 흘러나왔다.

고경탁은 창백해진 얼굴로 급히 말했다.

"나, 나도 듣기만 했을 뿐이오. 그런데 어떤 사람들은, 불에 탄 시체가 소화루의 주인인 도도가 아닐 수도 있다고 했소."

사운평의 서릿발처럼 차가운 눈빛이 순간적으로 흔들렸다.

도도의 시체가 아니다?

"왜 그런 말이 나왔지?"

“나도 정확히는 모르오. 도도보다 덩치가 작은 것처럼 보인다는 말을 듣긴 했는데…… 아마도 그래서 그런 말이 돌았던 모양이오.”

사운평은 한참 만에 고경탁의 목에서 칼을 떼고는, 목구멍에 서리가 낀 것처럼 차가운 목소리로 말했다.

“나와 거래 하나 하지.”

“무, 무슨 거래를?”

“몇 가지 알아봐 줘야 할 것이 있어.”

*　　*　　*

객잔으로 돌아간 사운평은 오랜만에 만취할 때까지 술을 마셨다.

앞자리에 앉은 이연연은 사운평의 넋두리를 들으며 술을 따라주었다.

사운평은 자신이 어떻게 살아왔고, 도도가 자신에게 어떤 존재인지 모두 말해 주었다. 그리고 그녀가 불에 타서 죽었을지 모른다는 것도.

“근데…… 아무래도…… 나 때문에 당한 것 같아.”

이연연은 자신의 일인 양 눈물을 글썽이며 그의 이야기를 들었다.

아버지는 냉정한 분이다. 사운평과 도도의 관계를 알아냈다면 가만 놔둘 분이 아니다.

비록 사운평이 자신을 죽이려다 발생한 일이긴 하지만, 결국은 그 일도 언니 때문이 아닌가.

가슴이 아프고 미안한 마음에 눈물만 나올 뿐이었다.

이튿날.

사운평은 이연연을 정주에서 삼십 리가량 떨어진 광운사로 데려갔다.

광운사는 도도와 함께 두어 번 가 본 적이 있는 사찰이었다.

도도는 그곳에 갈 때마다, 구휼에 써 달라며 주지 스님인 운오 대사에게 매년 상당한 금액의 은자를 건네주곤 했었다. 나중에 들으니 십오 년 동안 한 번도 거르지 않았다고 한다.

광운사로 들어간 사운평은 운오 대사를 찾아갔다.

운오 대사는 나이 칠십이 넘었는데도 돌아가신 사부보다 훨씬 정정했다.

들리는 소문으로는 젊었을 적에 소림사의 제자였다는 말도 있긴 한데, 정확한 사실을 아는 사람은 아무도 없었다. 도도 누님은 알았을지 몰라도.

사운평을 알아본 운오 대사는 안타까운 표정으로 합장했다.

사운평은 거두절미하고 이연연을 운오 대사에게 맡겼다. 그리고 이연연을 안심시켰다.

"며칠만 여기 있어. 모든 일이 끝나면 데리러 올게. 그때쯤에는 안전하게 집으로 돌아갈 수 있을 거야."

이연연의 눈빛이 흔들렸다. 그녀는 사운평이 무엇을 하려는지 누구보다 잘 알고 있었다.

사운평을 막을 수 없다는 것도.

도도가 죽지만 않았어도 어떻게 해 볼 수 있었을 텐데…….

이연연을 광운사에 맡기고 정주로 돌아온 사운평은 운락장에 들렀다.

고경탁이 열 명의 흑도 무사를 거느린 채 그를 기다리고 있었다.

사운평은 그의 마음을 알면서도 모른 척 물었다.

"알아봤나?"

고경탁은 겁에 질렸던 어제와 완전히 다른 반응을 보였다.

턱을 치켜든 그는 사운평을 내려다보며 거만한 목소리로 말했다.

"가만히 생각해 보니까 말이야, 아무래도 공짜로는 힘들겠어. 은자 천 냥을 낸다면 생각해 보지."

사운평이 무심한 눈으로 그를 응시했다.

"내가 지금 기분이 별로거든? 터지면 나도 무슨 짓을 저지를지 몰라. 그러니 장난은 거기까지만 받아들이지."

"크크크, 내가 지금 장난하는 것으로 보이나?"

"말귀 더럽게 못 알아듣네. 대가리가 안 돌아가면 눈치라도 있어야지."

"뭐?"

"그렇게 세상 살기 싫어?"

"이 쥐방울만 한 놈이!"

탕!

의자의 팔걸이를 세차게 내려친 고경탁이 벌떡 일어났다.

좌우에 있던 자들은 눈치 빠르게 회주의 명령이 떨어지기도 전에 미리 움직였다.

"이 개새끼가 지금 뭐라고 씨부렁거리는 거야?"

"모가지가 잘려야 정신을 차리려나."

스릉! 창!

무기를 빼 든 그들은 어슬렁거리며 사운평을 에워쌌다.

정말 신기했다.

콧대가 부러져서 휘어진 놈, 얼굴에 훈장처럼 칼자국이 있는 놈, 듬성듬성 이가 빠진 놈 등등.

생김새가 어쩌면 그렇게 건달과 친화적인지, 모르는 사람이라 해도 굳이 직업을 물어볼 필요가 없을 것 같았다.

"차라리 잘된 일일지도 모르겠군."

사운평이 나직하게 중얼거렸다.

등골이 오싹할 정도로 차갑고 음산하게 느껴지는 목소리.

기분이 싸해진 고경탁은 자신도 모르게 주먹을 움켜쥐었다.

'씨바, 괜히 건드린 것 아냐?'

하지만 이미 엎질러진 물, 주워 담을 수도 없었다.

자존심이 있지!

여기서 물러서면 호시탐탐 자신의 자리를 노리는 다른 놈들이 깔볼지도 모르는 일.

가는 데까지 가 보는 수밖에.

"꿇려라!"

그가 소리치자, 공에 눈이 먼 네 사람이 먼저 달려들었다.

사운평은 그들 사이를 바람처럼 누비면서 쇳덩이처럼 단단하게 단련된 주먹을 마음껏 휘둘렀다.

큭! 켁! 으헉! 아흑!

줄줄이 터져 나오는 괴상한 비명과 함께 네 사람이 순식간에 꼬꾸라졌다.

그중 두 사람은 얼굴이 뭉개졌고, 한 사람은 명치를 정통으로 얻어맞아서 숨도 쉬지 못했다. 그리고 한 사람은 발길질에 하초를 맞아서 괴상한 자세로 쪼그려 앉았다.

눈 깜짝할 순간에 네 사람이 당하자 에워싸고 있던 자들의 표정이 일그러졌다.

"이 씨부랄……."

"뭐, 뭐야, 저 새끼."

고경탁의 얼굴도 흙빛으로 물들었다.

뒤늦게 일이 잘못되었다는 것을 깨달은 그는 사운평을 달래려 했다.

"이, 이봐. 우리 다시 이야기를……."

하지만 사운평은 멈추고 싶은 마음이 없었다.

그러잖아도 가슴속에 쌓인 분노를 풀고 싶던 터였다.

자신의 기분을 생각해서 살신성인의 정신을 발휘하는 그들이 고맙기만 했다.

"이야기는 나중에 하자고."

스윽. 앞으로 튀어 나간 그는 번개처럼 손발을 뻗었다.

흑건회의 건달들도 발작적으로 무기를 휘둘렀다.

"저 새끼는 빈손이다! 두려워하지 말고 공격해!"

"씨발! 지가 아무라 빨라도 한 방은 맞겠지!"

명색이 삼구통을 장악한 흑건회의 정예들이다.

비록 뛰어난 절기를 익히진 못했지만, 그들도 나름대로 칼질 좀 한다는 자들이었다.

상대를 잘못 만났다는 게 문제이긴 했지만.

그들 속으로 뛰어든 사운평의 움직임은 낮도깨비가 따로 없었다. 어정쩡한 칼질로는 그의 머리카락 하나 자르지 못했다.

날아드는 칼을 머리 위로 흘려보낸 사운평은 눈앞에 보이는 팔목을 잡아서 사정없이 꺾어버렸다.

우드득 소리와 함께 뼈가 부러지고 비명이 터져 나왔다.

"아악!"

퍽!

팔이 부러진 자의 얼굴을 주먹으로 내갈긴 사운평은 다음 먹이를 찾아서 움직였다.

그의 주먹질은 빠르고 강력한 데다 인정사정없었다.

얼굴이 찢어지면서 피가 튀고, 어떤 자는 찢어진 입에서 부러진 이가 튀었다.

서 있는 자뿐만이 아니라 쓰러져 있던 자들도 사운평의 분노에서 벗어나지 못했다.

두어 명은 발길질에 맞아서 갈비뼈가 부러졌는지 떼굴떼굴 구르면서 신음을 토했다.

사운평은 그들을 한여름 개 잡듯이 철저하게 두들겨 팼다.

얼마나 무식하게 두들겨 팼는지, 땅바닥을 기는 흑건회 건달들의 모습이 마치 발에 밟혀서 몸부림치는 애벌레 같았다.

그 참혹한 광경을 두 눈 뜨고 지켜본 고경탁은 얼굴이 파랗게 질렸다.

그도 나름대로 무공을 익혀서 이류 수준은 되었다.

그래서 더 두려웠다. 유령처럼 흐느적거리는 사운평의 움직임과 대충 휘두르는 것 같은 주먹질이 얼마나 높은 경지의 무공인지 잘 아는 것이다.

'씨바, 젖 됐네.'

그는 대항할 엄두도 내지 못하고 슬그머니 뒷걸음질을 쳤다.

'일단 튀자.'

그때 사운평이 그를 향해 몸을 날렸다.

파랗게 질린 고경탁은 전력을 다해서 도주했다.

아니, 도주하려고 했다. 그러나 한 걸음을 내딛기도 전에 뒷덜미가 잡혔다.

고경탁의 뒷덜미를 잡은 사운평은 그의 한쪽 팔목을 잡고 사정없이 휘둘러서 패대기쳤다.

잡혔던 팔목의 뼈가 거꾸로 꺾이고, 몸뚱이는 떡메처럼 땅바닥에 꽂혔다.

퍽!

"크헉!"

비명을 토해낸 고경탁은 금방이라도 죽을 것처럼 몸을 푸들푸들 떨었다.

"마지막으로 한 번만 더 물으마. 어제 내가 부탁한 것은 어떻게 됐지?"

널브러져 있던 고경탁은 겨우 정신을 차리고 사력을 다해서 대답했다.

"끄으으으, 거, 걱정 마십시오, 공자. 부, 부탁하신 것은 다 조사해 놓았습니다."

고경탁으로서는 천행이었다.

사운평이 부탁한 것은 두 가지였다.

하나는 소화루에서 살아남은 기녀들의 행적. 하나는 이가장에 대한 것.

그중 소화루에서 살아남은 기녀 둘은 전부터 알고 있었다.

그리고 이가장에 대한 것은 '언젠가는 써 먹을 때가 있겠지' 하는 마음으로 오래전에 조사해 놓은 터였다.

"그래? 그럼 알아낸 것에 대해서 말해 봐. 엉터리로 말하면 혀를 뽑고 사지를 잘라서 물고기 밥으로 만들어 주지. 거짓말하고 싶으면 마음대로 해."

*　　*　　*

초향루는 삼구통 끝자락에 있는 규모가 작은 기루였다.

건물도 크지 않았고 기녀도 십여 명에 불과했다. 그래도 장사는 잘 되는지 제법 시끌벅적했다.

"호호호호! 정말이에요?"

"그렇다니까? 막 동굴로 진입하려는데 놈팽이가 낫을 들고 들어오지 뭐야? 그래서 죽어라 도망쳤지."

"그러게 왜 임자 있는 여자를 건드려요? 저처럼 언제든 팔만 벌리면 품 안으로 날아들 수 있는 여자나 품으시지."

"흐흐흐, 그게 참 묘하단 말이야. 알아서 날아드는 새보다 사냥해서 잡은 새가 더 맛있거든."

"쳇, 그보다 돈이 안 드니까 더 좋겠죠."

"네가 뭘 모르는군. 제대로 사냥을 하려면 돈도 만만찮게 드는 법이야."

"저에게 그 돈을 줘 봐요. 그럼 밤새 천당으로 보내드릴게요."

"흐흐흐, 그것도 괜찮은 생각인데? 어디 일단 이리 와봐라."

"깔깔깔깔! 아이, 어디다 손을 넣어요?"

"얼마나 깊은가 재 봐야 궁합이 맞나 알 수 있지."

기녀들의 자지러지는 교소와 사내들의 음담패설로 인해서 기루 안의 분위기는 점점 더 끈적끈적해졌다.

바로 그때, 옆구리에 한 자루 칼을 매단 청년이 기루 안으로 들어왔다. 흘러내린 머리카락으로 얼굴이 반쯤 가려진 그는 문턱을 넘어선 후 걸음을 멈추고 기루 안을 둘러보았다.

"호호호호, 어서 오세요, 공자니이임."

기녀 하나가 간드러지는 웃음을 지으며 그를 향해 다가왔다.

청년이 그녀를 향해 고개를 돌리고는 무거운 목소리로 물었다.

"종패는 어디 있지?"

눈치 파악이라면 기녀가 점쟁이보다 한 수 위였다.

단순한 술손님이 아니라는 걸 눈치챈 기녀는 웃음을 지우고 경계의 눈초리로 청년을 살펴보았다.

"주인 나리를 아세요?"

"전에 만난 적 있지. 뒷방에 있나?"

"예? 아, 아니에요. 해 질 녘에 나가셨어요."

"그래?"

청년은 더 이상 묻지 않고 안쪽으로 걸음을 옮겼다.

그가 향하는 곳에는 기루의 뒤쪽으로 통하는 문이 있었다.

기녀가 재빨리 그의 앞을 막아섰다.

"술을 마시려면 뒤로 가실 필요가 없답니다."

"술은 나중에 마시지. 일단 종패부터 만나야겠어."

"주인 나리는 지금 안 계셔요."

"대낮부터 술에 절어서 자는 게 아니고?"

"예? 아니에요. 정말로 안 계셔요. 누구신지 알려 주시면 제가 나중에 말씀드릴게요."

기녀는 자신의 주장을 굽히지 않았다. 하지만 청년 역시 포기할 마음이 없었다.

"내 눈으로 확인해서 없으면 그냥 가지."

그때 기녀를 끼고 술을 마시던 장한 중 하나가 자리에서 일어났다.

"이봐. 없다면 없는 줄 알지, 왜 귀찮게 해?"

청년은 상관하지 않고 기녀를 지나쳐서 뒷문으로 향했다.

"이 자식이!"

술에 취한 장한은 무시당했다고 생각했는지 눈을 부라리며 성큼성큼 청년의 등을 향해 다가갔다.

그러자 청년이 천천히 돌아서더니 싸늘한 눈으로 장한을 응시했다.

"상관 말고 술이나 마셔. 나중에 후회하지 말고."

"뭐? 어이구, 무서워라. 잘하면 그 칼로 목을 치겠다고 하겠는데?"

"못 할 것도 없지."

순간!

청년의 허리춤에서 청광 한 줄기가 번개처럼 번뜩였다.

장한은 인형이 된 것처럼 그대로 몸이 굳어 버렸다.

그 직후 잘려진 머리카락이 스르르 풀어지며 흘러내렸다.

"나, 지금 기분이 엿 같거든? 누군가를 죽이고 싶어서 환장한 놈이야. 건들지 말고 조용히 술이나 처먹어. 다음에는 목을 잘라 버릴 테니까."

나직이 읊조린 청년은 아무 일도 없었다는 듯 몸을 돌렸다. 그때까지도 장한은 손가락 하나 까딱하지 못하고 몸만 잘게 떨었다.

기녀도 더 이상 청년을 막지 못했다.

그사이 청년, 사운평은 문을 열고 뒷마당으로 나갔다.

그때였다. 누군가가 담장의 뒷문을 열고 밖으로 나가는 게 보였다.

뒷모습만 봐도 바싹 마른 체구라는 것을 알 수 있는 자. 자신이 찾는 종패 같았다.

"흥!"

사운평은 싸늘하게 코웃음 치며 몸을 날렸다.

뒷문을 열고 밖으로 나가던 자는 바로 앞에 사람이 유령처럼 내려서자 기겁했다.

"헉!"

"어딜 가려는 거지?"

"나, 나는 그냥…… 그런데 누구……?"

"내 목소리를 벌써 잊었나 보군. 서운한데?"

주춤거리던 장한의 눈이 점점 커졌다.

"서, 설마…… 광귀(狂鬼)?"

"맞아."

"그럼 혹시 흑건회를 뒤집어 놓았다는 사람이 자네?"

"그것도 맞아."

"소화루 때문에 왔나?"

"아직 덜 취했군."

겁에 질린 표정이던 장한, 종패는 좌우를 재빨리 둘러보더니 속삭이듯이 말했다.

"나를 따라오게."

종패는 사운평은 구석진 곳에 있는 일반 주택으로 데려갔다. 기루를 운영하다 보면 가끔 귀찮은 일이 생길 때가 있는데, 그럴 경우 피하기 위해서 마련해 둔 안가였다.

초향루를 몰래 빠져나오려고 했던 것도 그곳에 가기 위해서였다. 누군가가 자신을 찾는다는 말에 불안감을 느낀 것이다.

그런데 그 사람이 일 년 전에 사라졌던 광귀일 줄이야.

"이가장이 흑질회를 박살 냈다는 소식은 들었겠지?"

"들었어."

"정말 철저히 당했지. 이가장의 둘째 아가씨가 납치당했다는 소문이 돌았는데, 동곽이 관여한 모양이더군."

술 냄새를 풍기며 말하던 종패가 사운평을 힐끔거렸다.

"그렇게 쳐다볼 것 없어. 내가 했으니까."

"후우, 역시 그랬군. 동곽의 부탁을 받았나?"

"꽤 많은 돈을 주기로 했지. 그런데 알고 보니 나중에 나까지 죽이려 했더군."

"그놈이 미쳤군."

종패는 사운평의 무서움을 아는 몇 안 되는 사람 중 하나였다.

자신이 건드렸다가 된통 당해서 잘 알고 있었다.

"소화루의 방화 사건에 대해서 말해 봐. 아는 대로 전부."

"사실 나도 아는 것이 많지 않네. 결코 작은 사건은 아닌데, 이상할 정도로 아는 사람이 거의 없어."

"누가 불을 질렀는지도 모른단 말이야?"

"누군가가 고의로 불을 지른 건 분명해. 그런데 불을 지른 범인이 오리무중이야."

사운평 못지않게 도도의 죽음에 분노한 사람이 종패였다. 오랫동안 도도를 짝사랑하고 있었으니까.

슬픔에 찬 그는 나름대로 범인을 알아보려고 무척 노력했다.

하지만 일 년이 다 되도록 그가 알아낸 것은 아무것도 없었다.

"나와 소화루의 도도 누나가 가까운 사이라는 걸 알았다면 이가장에서 그랬을 수도 있잖아?"

"이청산 장주가 아무리 딸 때문에 화가 났다 해도 한밤중에 불을 지를 사람은 아니네. 그럴 거라면 차라리 대낮에 찾아가서 죄를 물었겠지."

고경탁과 비슷한 의견.

하지만 사운평은 그들이 모르는 사실을 하나 더 알고 있었다.

'그 계집이 하수인을 이용해서 불을 질렀을지도 모르겠군.'

현재로서는 그랬을 가능성이 가장 컸다. 어쨌든 그 일은 나중에 알아보면 될 일. 사운평은 다른 질문을 던졌다.

"도도 누나의 방에서 발견된 시체에 의문점이 있다고 들었어. 그 일에 대해서 아는 것 없어?"

"그 당시 오십여 명의 기녀 중 이십여 명이 죽었네. 불이 여기저기서 붙는 바람에 피해가 많았지. 그런데 살아남은 사람 중 도도는 없었어. 루주의 방에서 발견된 시체가 도도의 것이 아니라 해도 그녀가 살아 있다고 보기는 힘들 것 같아."

종패가 힘없이 말하고 비통해하는 표정을 지었다. 금방이라도 울 것처럼.

사운평은 그가 그런 표정을 짓는 이유를 잘 알기에 씁쓸했다.

종패는 도도를 무척 좋아했다. 그가 혼인을 하지 않고 혼자 사는 것도 도도 때문이었다.

사운평이 소향루로 돌아왔을 때 종패가 시기해서 죽이려 한 것도 그 때문이었고. 그러다 거꾸로 된통 당했지만.

사운평도 종패의 마음을 알았기에 몇 대 패는 수준에서 손을 멈추었었다.

"정말 누나가 불에 타서 돌아가셨단 말이지?"

"나도 살아 있기를 바라고 있네. 하지만 어쩌겠나? 사실을 아니라고 할 수는 없는 일 아닌가?"

종패의 어깨가 축 처졌다. 누구보다 도도가 살아 있기를 바라는 사람이 그였다.

절실하게!

"그런데 이상하군. 기녀들이 아무리 취했다 해도 스무 명이 넘게 죽었다니."

"그럴 만한 이유가 있네."

"이유?"

"죽은 기녀들 중 반은 불이 나기 전에 이미 죽어 있었다고 하더군."

"무슨 말이지? 그럼 방화범들이 기녀들을 죽였단 말이야?"

"맞아. 그래서 생각보다 많은 기녀가 불에 탄 거지."

종패의 말에 사운평의 눈빛이 새파랗게 번뜩였다.

문득 어떤 얼굴 하나가 떠올랐다. 어둠 속에서 본 얼굴이지만 달빛 덕분에 아직도 선명하게 기억하고 있었다.

"종 형이 하나 해 줄 일이 있어."

"내가?"

"도도 누나의 복수를 위한 일이야."

'복수' 라는 말에 종패의 눈빛이 달라졌다.

"도도의 복수? 뭔데? 말해 봐."

"내가 말하는 한 사람에 대해서 알아봐 줘."

"누군데?"

"이름은 모르고 얼굴만 알아. 초상을 그려 줄 테니 그자에 대해서 조사해 봐. 최대한 빨리."

第四章

복수(復讐)를 위해

사운평은 이튿날 정오쯤 초향루로 찾아갔다. 어제 그의 앞을 막아섰던 기녀가 배시시 웃으며 반겼다.

"어머? 오셨어요? 호호호호, 어젠 죄송했어요. 정말 안 계신 줄 알았다니까요?"

사운평은 그녀의 말이 빤한 거짓말이라는 걸 알면서도 탓하지 않았다.

"종패는?"

"안에 계셔요. 제가 안내해 드릴게요."

기녀가 대답하며 팔을 잡고 찰싹 달라붙었다.

보기보다 가슴이 커서 팔이 그녀의 가슴 사이에 푹 파묻혔다.

"됐어. 혼자 들어가도 돼."

"아이, 제가 싫어요?"

"어."

지나치게 느껴질 정도로 솔직한 대답에 기녀는 어이가 없는지 눈만 깜박였다.

그사이 기녀의 가슴골에서 팔을 빼낸 사운평은 문을 열고 뒤쪽으로 나갔다.

뒷방으로 들어가자, 종패가 술을 마시지 않은 얼굴로 그를 맞이했다. 사운평은 그를 십여 번 봤지만, 술을 마시지 않은 상태는 처음이었다.

"알아봤어?"

"이름은 유철귀. 별호는 섬홍검인데 이가장의 빈객으로 있다는군."

섬홍검이라는 별호는 사운평도 들어본 적이 있었다.

"그자가 섬홍검이란 말이지?"

"이삼일에 한 번씩 청향객잔에 가서 점심을 즐긴다고 하네."

사운평의 두 눈에서 싸늘한 섬광이 번뜩였다.

"그럼 오늘도 나왔을지 모르겠군."

"애들을 보내서 알아볼까?"

"아니. 내가 가 보겠어. 아무래도 내 눈으로 직접 확인하는 게 나을 것 같아. 마침 가 볼 곳도 있고."

*　　*　　*

유철귀는 이를 쑤시며 만족한 표정으로 청향객잔을 나섰다. 오늘따라 잉어찜이 감칠맛 나게 나와서 과식을 한 듯했다. 그래도 오랜만에 맛있는 요리를 먹었더니 세상 부러울 것이 없었다.

그렇게 얼마나 지났을까. 한참을 기분 좋게 걷던 유철귀의 이마에 주름이 그어졌다.

'웬 놈이지?'

뒤쪽이 자꾸 신경 쓰였다.

그가 그를 본 것은 왁자지껄 요란스럽게 몰려오는 상인들을 피하려고 몸을 틀었을 때였다.

처음에는 크게 신경 쓰지 않았다. 그런데 길을 꺾어질 때 그가 또 보였다.

가만히 생각해 보니 청향객잔에서 나올 때 봤던 자 같았다.

흘러내린 머리카락으로 얼굴이 반쯤 가려진 젊은 놈.

그는 모른 척 걸음을 옮겼다. 아니나 다를까, 놈이 처음과 같은 거리를 두고서 그를 따라오고 있었다.

'뭐하는 놈인지 몰라도 스스로 무덤을 파는군.'

그의 입술이 살짝 비틀렸다.

소화도 시킬 겸 놈을 상대로 놀아 보는 것도 괜찮을 듯했다.

'어디가 좋을까? 기왕이면 사람들이 없는 곳이 낫겠군. 잘근잘근 만져 주려면 말이야.'

사운평은 묵묵히 뒤만 따라갔다.

유철귀가 자신의 존재를 눈치챈 것 같았다. 그럼에도 걸음걸이가 여유 있는 걸 보니 자신 정도는 걱정할 것이 없다는 뜻인 듯했다.

하긴 강호의 고수로서 자신감에 찬 그가 아닌가. 자신 정도는 병아리 목 비틀듯이 가볍게 처리할 수 있다는 생각이겠지.

얼마를 따라가자 유철귀가 골목길로 꺾어졌다.

그도 천천히 따라가서 골목길로 들어섰다.

유철귀가 저만치 앞에서 걸어가고 있었다. 그가 걸어가는 앞쪽은 막다른 길이었는데 제법 넓은 공터가 있었다. 주위에 폐가의 잔재들이 널려 있고 풀이 무성해서 일반 사람들은 왕래할 만한 곳이 아니었다.

사운평도 그곳이 마음에 들었다.

'좋은 장소를 골랐군.'

유철귀는 그 공터의 중앙에서 걸음을 멈췄다.

사운평은 계속 걸음을 옮겨서 그를 향해 다가갔다.

유철귀가 돌아섰다. 그는 조소를 지은 채, 사운평이 다가오는 것을 바라보았다.

사운평은 여전히 걸음을 멈추지 않았다.

거리가 십여 장에서 십 장, 팔 장, 칠 장으로 줄어들었다. 그렇게 오 장이 되었을 때 유철귀가 입을 열었다.

"뭐하는 놈인데 내 뒤를 졸졸 따라온 것이냐?"

"물어볼 것이 있어서."

사운평은 말을 하는 와중에도 계속 걸었다.

한 걸음, 한 걸음. 일정한 속도로.

두 사람의 거리가 사 장, 삼 장이 되자 유철귀가 인상을 쓰며 차가운 눈빛을 번들거렸다.

"물어볼 것? 아무리 봐도 처음 보는 놈 같은데, 나에게 뭘 물어보겠단 말이냐?"

"나를 처음 보는 것은 아닐 거야."

"뭐?"

거리가 금방 이 장이 되었다.

그제야 유철귀가 심상치 않음을 느끼고 공력을 끌어올렸다.

순간!

사운평이 걸음을 옮기던 자세 그대로 땅을 밀며 앞으로 튀어 나갔다.

동시에 허리춤에서 푸른 섬광이 번뜩였다.

"이런 건방진!"

유철귀가 노성을 내지르며 어깨 위로 손을 가져갔다.

그의 별호가 섬홍검인 것은 발검과 검초가 번개처럼 빠르기 때문이다.

'저런 젊은 놈의 칼이 빨라 봐야 얼마나 빠를까. 설마 나보다 빠르랴.'

그는 그런 마음으로 한 걸음도 물러서지 않고서 검을 뽑아 대응했다.

그게 첫 번째 실수였다.

그는 대응이 늦었다 생각했을 때 물러섰어야 했다. 자존심이 상하더라도 일단 물러서서 상대했다면, 최소한 빠져나갈 시간은 벌 수 있었을 것이다.

하지만 그는 자존심을 지키려 했고, 그 바람에 적지 않은 대가를 치러야 했다.

사운평의 칼은 그의 예상을 뛰어넘을 만큼 빠르고 강력했다. 게다가 실낱같은 빈틈도 놓치지 않았다.

그가 초식을 제대로 펼치기도 전에 사운평의 칼날이 빈틈을 파고들었다.

가히 전광석화와 같은 쾌도술!

"헛!"

대경한 그는 검을 떨쳐서 파고드는 칼을 쳐냈다.

그게 두 번째 실수였다.

그는 그때라도 물러났어야 했다.

두 번째 실수의 대가는 끔찍한 고통이었다.

슈각!

빈틈을 파고든 사운평의 칼이 비스듬히 방향을 틀더니 유철귀의 어깨를 훑고 지나갔다.

유철귀는 신음을 삼키며 황급히 뒤로 물러섰다.

"흡!"

강렬한 고통과 함께 왼팔이 무기력해졌다.

눈을 부릅뜬 그는 이를 악물고 버티며 전력을 다해서 검을 내질렀다.

찰나의 순간, 다섯 개의 검화가 허공에 피어났다.

마지막 세 번째 실수.

그는 부상은 입었을 때 뒤도 돌아보지 말고 도주했어야 했다. 그랬다면 도망갈 수 있는 확률이 반은 되었을 텐데…….

쉬아악!

사운평은 물러서지 않고 상대의 검세 사이로 파고들며 칼을 휘둘렀다.

눈앞에서 섬광이 번뜩이며 검화가 피어나는데도 눈 한 번 깜박이지 않았다.

쩌저정!

유철귀의 검이 옆으로 튕겨 나가며 검화가 허공에서 스러졌다. 동시에 사운평의 칼이 유철귀의 검을 쥔 오른팔을 스치고 지나갔다.

유철귀는 자신에게 무슨 일이 벌어졌는지 알고 억눌린 비명을 내질렀다.

"흐억!"

극렬한 고통은 비명이 터져 나온 뒤에야 밀려들었다.

얼굴이 일그러진 그는 정신없이 뒤로 물러섰다.

반쯤 잘린 팔에서 피가 뿜어져 나왔다. 손에 힘이 풀리면서 움켜쥐고 있던 검은 바닥으로 떨어지고, 그의 얼굴은 수라귀처럼 일그러졌다.

사운평은 거기서 멈추지 않았다.

그림자처럼 유철귀를 바짝 따라간 그는 수평으로 칼을 그어서 유철귀의 허벅지를 갈라 발마저 묶어 버렸다.

그러고는 유철귀가 팔과 허벅지에서 피를 뿜으며 비틀거리자, 왼손을 뻗어 마혈마저 짚어 버렸다.

말 그대로 눈 깜박할 순간에 벌어진 일이었다.

유철귀는 결국 몸이 뻣뻣이 굳은 채 널브러졌다.

사운평은 그제야 공격을 멈추고, 널브러져서 피를 뿜어내는 유철귀를 내려다보았다.

"잘 생각해 봐. 아마 기억이 날 거야. 아직 일 년이 지나지 않았으니까."

"내, 내가 어떻게 너를 안단 말이냐?"

"그때가 밤이어서 기억이 안 나는 건가? 그래도 잊지는 않았을 텐데? 남자가 여자를 업고 다니는 모습은 흔하게 볼 수 있는 것이 아니거든."

문득 작년 어느 날 밤의 일이 떠오른 유철귀는 눈이 튀어나올 것처럼 커졌다.

"네, 네놈은……?"

"이제야 생각났나 보군."

사운평이 고개를 끄덕이며 하얗게 웃었다.

유철귀에게는 지옥의 염라사자보다 더 무섭게 보이는 웃음이었다.

"그럼 이제부터 내가 묻는 말에 순순히 대답해 줬으면 좋겠어. 미리 말하지만, 대답하지 않으면 후회하게 될 거야. 내가 좀 독하거든."

"모욕하지 말고 죽여라."

"살고 싶지 않아?"

유철귀의 눈빛이 순간적으로 흔들렸다.

자신이 대답을 하지 않을 경우, 저 독한 놈이 무슨 끔찍한 짓을 저지를지는 겪어 보지 않아도 예상이 되었다.

반면 부상을 깊게 입긴 했지만, 몇 달 치료한다면 생활하는 데는 지장이 없을 듯했다.

결정을 내리는 시간은 오래 걸리지 않았다. 힘들어도 이승이 저승보다 나았다.

"날 살려 주겠다는 거냐?"

"대답만 제대로 해 준다면."

"뭘 알고 싶은 거냐?"

사운평은 일각가량이 지나서야 공터를 나섰다.

유철귀는 많은 이야기를 해 주었다.

이수수가 얼마나 독하고 무서운 여자인지, 얼마나 나쁜 년인지.

그리고 자신은 진짜 범인이 아니라면서, 소화루의 기녀들을 죽이고 불을 지른 자들에 대해서 순순히 실토했다.

그 대가로 그는 목숨을 구했다.

사운평은 그를 살려 주는 일에 대해서 크게 걱정하지 않았다. 사실을 실토한 이상 그는 어차피 이가장으로 돌아갈 수 없을 테니까.

돌아가기는커녕 이가장 사람들 눈에 띄지 않게 정주를 빠져나가려고 노력해야 할 할 것이다. 사실이 알려지면 이가장주나 이수수가 그를 죽이려 할 테니까.

그런데 문득 궁금해졌다.

만약 그가 대답하지 않았다면, 항거할 힘을 잃은 그를 자신이 죽일 수 있었을까?

'한번 죽여 볼 걸 그랬나?'

*　　*　　*

흑오객(黑烏客) 적등산은 정주 일대에서 유명한 자였다.

성격이 무척 음침한 데다 사람 죽이는 것을 파리 때려잡듯이 하는 마도의 고수.

어찌나 악랄한지 관에서도 그를 잡으려고 현상금을 걸었다. 하지만 행적이 신출귀몰한 데다 무척 강해서 정파의 고수나 현상금 사냥꾼들도 그를 잡지 못했다.

유철귀는 바로 그 적등산이 수하인 흑갈쌍귀와 함께 소화루에 불을 지르고 기녀들을 죽였다고 했다.

"종 형, 사람들을 시켜서 적등산을 찾아봐."

"적등산을?"

"그래. 그놈이 도도 누나를 죽인 것 같아."

"알았네. 조금만 기다리게. 그자가 백 장 지하에 처박혀 있어도 찾아낼 테니까."

종패는 자신이 아는 인맥을 모조리 동원해서 적등산을 찾아 보았다.

그런데 그날 해가 질 무렵, 어깨가 축 처진 종패가 객잔에 있는 사운평을 찾아왔다.

"적등산이 저번 겨울에 정주를 떠났다는군."

"어디로 갔는지 알아봤어?"

"확실치는 않은데, 낙양으로 간 것 같다고 하네."

"낙양?"

"거평루의 장가가 그러는데, 손님 중 하나가 낙양에 갔다가 그를 봤다는 말을 했다고 하네."

"그놈을 봤다는 사람이 누군지 물어봤어?"

"서호표국의 표사라는군. 이름은 오양추고."

"그럼 그자를 만나보면 정확히 알 수 있겠군."

"그게 좀 힘들 것 같네. 내가 알아봤는데, 사흘 전에 표행을 떠났다지 뭔가. 돌아오려면 열흘 정도 걸린다고 하네."

'제길.'

열흘을 기다릴 시간은 없었다.

이미 흑건회를 들쑤시고 유철귀를 반병신으로 만들었다. 언제 어느 때 이가장의 눈에 걸려들지 몰랐다.

'별 수 없이 이가장 일부터 처리해야겠군.'

*　　*　　*

그날 밤.

사운평은 객잔의 이 층 창가에 앉아서 이가장을 바라보았다.

창밖으로 이가장의 전경이 눈에 들어왔다.

끝도 없이 이어진 담장 안쪽으로 수십 채의 고루거각이 즐비했다.

'동생과 나를 죽이려고 한 것은 용서할 수 있어. 살다 보면 이런 일 저런 일 겪을 수 있으니까. 하지만 도도 누나를 해친 것은 절대 용서하지 않을 거다, 계집.'

이가장의 내부 구도를 눈에 익힌 그는 시간이 가기를 기다렸다.

얼마나 지났을까, 소란스럽던 객잔이 쥐 죽은 듯이 조용해졌다.

축시(丑時)가 거의 다 지나간 시각.

방을 나선 사운평은 객잔을 나와서 이가장의 뒤쪽으로 접근했다.

순찰 무사들이 네 명씩 짝을 지어서 담장 밖을 돌고 있었다.

골목에서 그 모습을 지켜보던 그는 순찰 무사들이 지나가고 열을 셀 시간이 흘렀을 때 담을 넘었다.

본래 이수수의 거처는 장원에서 가장 구석진 곳, 사람들의 발길이 거의 닿지 않는 외곽에 있었다.

자신이 이수수의 방에 쉽게 들어갈 수 있었던 것도 그만큼 한적한 곳이기 때문이었다.

하지만 그녀는 이제 그곳에 있지 않았다. 이연연이 납치를 당한 후로 그녀가 이연연 대신 별채를 통째로 쓰고 있었으니까.

이청산이 하나 남은 딸마저 잃을지 모른다는 불안감에 별채를 내준 것이다.

신경을 잔뜩 곤두세운 사운평은 은밀하게 움직이며 별채 쪽으로 접근했다.

그리고 별채가 가까워지자 창고로 보이는 건물의 지붕 속에 몸을 숨겼다.

일반적으로 사람들의 긴장이 풀어지는 시간은 묘시(卯時) 초쯤이다. 그는 지붕 속에서 그 시간이 되기를 기다렸다.

둥, 둥, 둥, 둥.

묘시를 알리는 북소리가 멀리서 들렸다.

사운평은 지붕 속에서 나와 별채로 접근했다.

예상대로 경비 무사들의 움직임이 느슨해져 있었다. 눈빛은 꺼지기 직전의 등잔불 같았고.

그 정도로는 전보다 배나 빨라진 그의 움직임을 잡을 수 없었다.

경비 무사들 사이의 빈틈을 일직선으로 가른 사운평은 별채의 건물 처마에 달라붙었다. 그리고 이수수의 방에 달린 창문을 살짝 밀치고 안으로 스며들었다.

창문이 열리고 닫히는 미미한 소리마저도 정원에서 울어대는 귀뚜라미 울음소리에 묻혀버렸다.

방 안으로 들어간 사운평은 고경탁에게 얻은 칼은 놔둔 채 품속의 단도를 뽑아 들었다.

침상에는 아름다운 여인이 누워 있었다. 이수수였다.

전과 비슷한 상황. 하지만 전보다 내공이 강해진 그는 어둠이 눈에 익기를 기다릴 필요가 없었다.

침상 앞에선 그는 이수수를 내려다보았다.

이수수의 아름다움은 이연연에게 뒤지지 않았다. 얼굴은 오히려 이연연보다 관능적이었고, 얇은 옷자락 사이로 보이는 풍만한 몸매는 색기가 흘러서, 그 어떤 남자라도 유혹에서 벗어날 수 없을 것 같았다.

하지만 사운평은 이수수의 관능적인 아름다움에 눈썹 한 올도 흔들리지 않았다.

이수수처럼 색기 넘치는 여자는 기루에서 지겨울 정도로 본 그였다.

'이연연이 백배 낫군.'

그는 조금도 망설이지 않고 아혈과 마혈을 점혈했다. 그러고는 고경탁에게 뺏은 칼을 이수수의 목에 들이댔다.

차갑고도 섬뜩한 감촉을 느낀 이수수가 눈을 떴다.

그녀는 이마를 찡그리며 눈을 깜박였다. 하지만 곧 놀라서 눈을 부릅떴다.

누군가가 어둠 속에 서서 자신을 내려다보고 있는 것이 아닌가.

'누, 누구냐?'

목소리가 목 안에서만 굴렀다. 몸도 손끝 하나 움직일 수가 없었다.

꿈을 꾸고 있는 걸까?

그럴지도 모른다. 꿈속에서는 가끔 마음대로 몸이 안 움직일 때가 있으니까.

그때 사운평이 냉랭한 목소리로 말했다.

"내가 누군지는 곧 알게 될 거야. 궁금해도 조금만 참아. 말하려고 애쓸 것 없어. 내가 아혈을 짚어 놓았으니까."

그제야 이수수는 지금 상황이 꿈이 아니라는 걸 알고 얼굴이 창백해졌다.

"말을 잘 들으면 혈도를 풀어 주지. 하지만 명심해. 소리를 지르면 얼굴부터 그어 버릴 테니까."

여자에게 얼굴은 목숨만큼이나 소중했다. 특히 사랑에 빠진 여자에게는 목숨보다 더 중요할 수도 있었다.

이수수는 빠르게 눈을 깜박여서 자신의 의사를 전했다.

'알았어요. 하라는 대로 할 테니 얼굴은 건드리지 마세요!'

사운평은 목에 칼을 댄 채 이수수의 아혈을 풀어 주었다. 그리고 이수수가 입을 열기 전에, 칼로 목을 살짝 그으며 말했다.

"내가 묻기 전에는 함부로 말하지 마. 그때마다 상처가 하나씩 늘어날 테니까."

막, 말을 하려던 이수수는 재빨리 입을 다물었다.

"좋아. 내 말을 확실하게 알아들었군. 그럼 이제부터 묻겠다. 작년에 네가 동생을 죽여 달라고 청부 의뢰를 한 적 있지?"

이수수의 몸이 파르르 떨렸다.

"다, 당신은……?"

"아는 걸 보니 확실하군. 그럼 소화루를 불태우고 도도 누나를 죽이라고 한 것도 너냐?"

이수수는 눈을 홉뜬 채 사운평을 바라보았다.

사운평은 그것만으로도 소화루를 불태우고 도도를 죽인 사람이 이수수일 거라 확신했다.

"그것도 맞나 보군. 그럼 흑질회와 동곽도 네가 이청산을 움직여서 없앴겠군."

이수수는 경악이 한계에 이르자 오히려 악이 받쳤다.

사실대로 말한들 일개 살수가 감히 이가장의 딸인 자신을 어떻게 할 수 있으랴!

하지만 얼굴에 상처를 입는 게 싫어서 나직이 목소리를 깔았다.

"맞아. 전부 내가 그랬어."

"내가 네 동생을 죽이고 나면 나중에 나까지 죽이려 했지?"

"그것도 맞아. 비밀을 아는 사람이 있어선 안 되니까."

"정말 독한 년이군."

이수수는 사운평의 욕설에도 아랑곳하지 않고 다급히 물었다.

"연연은, 연연이는 어떻게 됐지?"

사운평은 씩 웃으며 대답했다.

"아주 건강하게 잘 지내고 있지."

이연연이 살아 있다는 말에 이수수의 마음이 더 다급해졌다. 그녀는 자신의 목숨이 칼끝에 매달려 있다는 것도 잊고 사운평에게 제안했다.

"저 안에 내가 모아 놓은 패물이 있어. 황금 백 냥 이상 나갈 거야. 그걸 줄 테니 연연이를 죽여 줘. 물론 다시는 당신을 쫓지 않을 거야."

그녀는 나름대로 자신을 가졌다.

황금 백 냥!

엄청난 금액이었다. 평생을 호의호식할 수 있는 돈.

듣기로 동곽은 작은 주루를 챙겨주는 대가로 살수를 움직였다고 했다. 황금 백 냥이면 그가 주기로 한 돈의 배는 되었다.

그러나 사운평이 원하는 것은 황금이 아니었다.

그는 이수수의 목에서 가슴까지 칼로 그었다. 혈선이 길게 그어지며 방울방울 피가 맺혔다.

이수수는 신음 한마디 흘리지 않고 이만 악문 채 사운평을 노려보았다.

정말 독한 여자였다.

하지만 그녀의 독함도 사운평의 마음을 흔들지 못했다.

"네년이 소화루를 건들지만 않았어도 생각 좀 해 봤을 거다. 금 백 냥은 엄청난 거액이거든. 하지만 너는 건드려서는 안 되는 곳을 건드렸어. 그리고…… 절대로 해쳐서는 안 되는 사람을 해쳤지."

눈빛에 서리가 낀 듯하다. 마주친 것만으로도 심장이 싸늘히 식는 기분.

이수수는 사운평의 마음을 되돌리기가 불가능하다는 걸 깨닫고는 이를 드러내며 성난 고양이처럼 대들었다.

"도도라는 기녀가 잘해 주었나 보지? 기술이 좋았나? 하긴 늙은 기녀라면 별의별 재주를 다 지녔겠지."

짝!

사운평의 손바닥이 이수수의 얼굴을 사정없이 후려쳤다.

목이 꺾일 것처럼 홱 돌아간 이수수의 얼굴이 나찰처럼 일그러졌다.

"사지를 토막 내서 죽이기 전에 입 다물어, 계집. 도도 누나는 너처럼 더럽고 사악한 계집이 입에 올릴 수 있는 분이 아니야."

사운평은 나직이 으르렁거리며 이수수의 혈도를 다시 제압해서 비명을 지르지 못하게 했다. 그리고 바닥으로 끌어내린 뒤 고통이 심한 곳만 골라서 후려쳤다.

퍼벅! 퍽!

"너 같은 년은 죽었다 깨어나도 도도 누나가 어떤 분인지 알 수 없을 거다. 이 정주 땅에서 그분을 의지하는 사람이 몇 명이나 되는 줄 알아?"

짝!

"내가 아는 것만 해도 수백 명이야. 그런데 너처럼 더러운 년이 감히 도도 누나를 죽이다니……."

이십여 대를 때리고 손을 멈춘 사운평은 애벌레처럼 몸을 웅크린 이수수를 노려보았다.

"혈도를 풀어 주마. 하지만 한 번만 더 그분을 모욕하면 세상에서 제일 비참한 모습으로 죽게 될 거다. 명심해."

이수수는 극렬한 고통에 몸을 덜덜 떨었다.

공포가 극에 달한 그녀는 혈도가 풀리자 애원하듯이 빠르게 말을 쏟아냈다.

"살려줘. 내 몸이 탐나지 않아? 네 마음대로 해 봐. 무슨 짓을 해도 좋아. 원하면 내가 해줄게. 밤새 열 번을 까무러치게 해줄 수도 있어. 그리고 내가 가진 패물도 다 줄게. 그것이면 멀리 가서 평생 호의호식하며 살 수 있을 거야. 제발……."

"나는 네년의 냄새나는 몸뚱이에 조금도 관심이 없어. 그리고 혹시 착각하고 있을까봐 말해 주는데, 너 같은 년은 기루에 가면 셀 수 없이 많아."

그 와중에도 자존심이 상한 이수수는 자신도 모르게 버럭 소리쳤다.

"개자식!"

사운평은 기다렸다는 듯 그녀의 얼굴을 천천히 칼로 그었다.

"악! 아, 안 돼! 멈춰!"

이수수가 비명을 내질렀다.

사운평은 칼을 멈추고 차가운 눈빛으로 이수수를 바라보았다.

"악독한 계집, 곧 지옥으로 보내 주마. 하지만 그 전에 네가 저지른 일을 모두에게 알릴 거다. 기대해도 좋아."

이수수는 나찰 같은 표정으로 사운평을 노려보며 소리쳤다.

"네 마음대로 되지 않을 거다, 이 비천한 놈! 흥! 나를 죽이면 너도 절대 여기를 빠져나가지 못할걸?"

지금쯤 경비 무사들이 자신의 목소리를 들었을 것이다. 조금만 더 버티면 무사들이 몰려올 터. 그때까지 시간을 끌어야 했다.

사운평도 그 점을 모르지 않았다.

하지만 그는 지독할 정도로 냉정했다. 경비 무사들이 몰려오든 말든 상관없다는 듯.

"걱정 마. 죽는 게 무서웠으면 들어오지도 않았어."

"이 나쁜 새끼! 여자 혼자 있는 방에 몰래 들어와서 칼을 들이대는 너는 남자도 아냐!"

사운평은 이수수가 뭐라고 하든 상관하지 않고, 악을 쓰는 그녀를 들어서 어깨에 걸쳤다.

그때 방문이 박살났다.

와장창!

직후 무사 두 명이 방 안으로 들어섰다.

이수수의 생각대로 순찰을 돌던 경비 무사들이 들이닥친 것이다.

그들은 사운평이 이수수를 어깨에 메고 있는 걸 보고는 당황해서 눈을 부릅떴다.

"아가씨를 내려놓아라!"

"이놈! 어서 내려놓지 못할까!"

사운평은 이수수를 내주고 싶은 마음이 눈곱만큼도 없었다.

"비켜. 비키지 않으면 그때마다 이 계집의 살점을 하나씩 도려낼 테니까. 먼저 손가락을 하나 잘라 볼까?"

두 무사는 흠칫하며 뒤로 물러섰다.

피로 범벅된 이수수를 보니 사운평의 말이 단순한 공갈 협박처럼 보이지 않은 것이다.

사운평은 물러서는 경비 무사들을 따라서 방을 나섰다.

새벽 어스름이 몰려오는 별채의 앞마당에는 경비 무사들이 몰려와 있었다.

건물 앞에 선 그는 이수수를 앞에 내려놓고 냉소를 지으며 말했다.

"좀 전에 내 말을 들었지? 오 장 안으로 들어오지 마라. 누구든 그 안으로 들어오면, 이 계집의 잘린 손가락을 보게 될 것이다."

경비 무사들 중 나이가 제일 많아 보이는 자가 분노를 씹으며 물었다.

"원하는 게 무엇이냐, 이놈!"

"가서 장주를 데려와. 그럼 말할 테니까."

第五章

원수를 찾아서

이청산은 보고를 받자마자 대경해서 이가장의 고수들과 함께 별채로 달려갔다.

작년 초여름, 딸을 납치한 놈이 하늘로 솟았는지 땅으로 꺼졌는지 사라져 버렸다.

사방팔방으로 통문을 돌려서 사람들을 동원해 봤지만, 소용이 없었다.

그나마 다행이라면 시신이 발견되지 않았다는 것이었다.

그는 피 말리는 세월을 보내며 딸이 살아 있기만 바랐다. 납치범이 딸만 돌려준다면 모든 죄를 용서해 줄 마음도 있었다.

그런데 이번에는 큰딸을 노리는 놈이 나타났다.

'만약 네놈이 수수를 해치면, 뼈마디를 모조리 뽑아서 죽여 버릴

것이다!'

이를 악물고 결심을 다진 그는 별채로 들어갔다.

저만치, 놈이 보였다. 그놈의 발아래에는 큰딸인 이수수가 널브러져 있었다.

'죽일 놈!'

이청산은 눈에서 불길을 뿜어내며 사운평을 향해 다가갔다.

그사이 이가장의 무사들이 별채를 몇 겹으로 둘러쌌다.

사운평은 이청산이 다가오자 숨을 골랐다. 그의 간담이 아무리 크다 해도 긴장되지 않을 수 없었다.

상대는 하남의 십대고수 중 하나인 등룡신검 이청산이었다.

"네놈은 누구냐? 누군데 감히 내 딸을 그 지경으로 만든 것이냐!"

이청산이 분노에 몸을 떨며 소리쳤다.

사운평은 어깨를 펴고 당당히 말했다.

"장주는 이수수가 무슨 짓을 저질렀는지 알고 계십니까?"

"그게 무슨 말이냐?"

"작년 초여름, 이연연을 납치한 사람이 바로 접니다."

"뭐야?"

"그런데 왜 납치했는지 아십니까?"

막 뛰쳐나갈 것 같던 이청산이 멈칫했다.

사운평은 때를 놓치지 않고 말했다.

"바로 당신의 딸인 이수수, 이 여자의 사주를 받고 행한 일이죠."

"헛소리 마라, 이놈!"

"아버지! 이자의 말을 믿지 마세요! 저를 모함하려고 거짓말을 하

는 거예요!"

사운평의 발밑에 널브러져 있던 이수수가 악을 쓰듯이 소리쳤다.

사운평은 그녀가 무슨 말을 하든 신경 쓰지 않았다. 그녀가 뭐라 하든 언젠가는 밝혀질 수밖에 없는 일이니까.

"나중에 이연연에게 물어보시죠. 그럼 모두 알려줄 테니까."

이청산의 눈이 휘둥그레졌다.

"뭐라고? 그럼 연연이 살아 있단 말이냐?"

"이 계집의 독수를 피해서 잠시 정주를 떠났던 것뿐, 아주 건강하게 잘 있습니다."

"거짓말이에요! 저는 연연이를 죽이라고 한 적이 없어요! 정말이에요, 아버지!"

이수수가 간절한 표정으로 말했다.

이청산의 눈빛이 흔들렸다.

연연은 정실부인에게서 난 딸이다. 더구나 목소리를 잃고 나서 힘들게 살아온 아이라 더욱더 애착이 갔다.

반면 이수수는 젊을 때 기루에서 만난 여인과의 사이에서 낳았다.

사람들은 그녀가 친딸이 아닐지 모른다고 쑥덕거렸다.

어쩌면 그들의 말이 사실일지도 몰랐다. 당시 이수수의 어머니는 자신 외에도 다른 손님을 받고 있었으니까.

하지만 그는 자신의 책임을 부인하고 싶지 않아서 이수수를 순순히 딸로 받아들였다.

그러니 이연연과 이수수는 그의 마음속에서 비중이 다를 수밖에 없었다.

"연연이는 어디에 있느냐?"

"멀지 않은 곳에 있죠."

"좋다. 연연이를 순순히 돌려준다면, 네가 그 아이를 납치한 것에 대해서 더 묻지 않겠다. 하지만 수수가 그런 짓을 저질렀을 거라는 말은 믿을 수 없다. 수수는 누구보다도 연연이와 친하게 지낸 아이인데 왜 그런 일을 저지른단 말이냐? 절대 그럴 리가 없다."

피식, 사운평이 조소를 지으며 물었다.

"혹시 삼구통의 흑질회와 동곽을 없앤 일이 이수수의 말을 듣고 한 일 아니었습니까?"

"그걸 네가 어떻게……?"

"본래는 동곽이 이수수의 사주를 받았지요. 그런데 동곽이 저에게 일을 넘겼습니다. 이수수는 자신이 저지른 일이 들통 나는 것을 막기 위해서 동곽을 제거하고, 혹시나 나와 가까운 사이인 소화루주가 그 사실을 알까 봐 삭초제근(削草制根)을 한 겁니다. 죄 없는 기녀 이십여 명과 주인을 죽이고 기루까지 불태워 버린 거지요."

말을 이어가는 사운평의 목소리가 한겨울 서리처럼 차가워졌다.

이청산은 본능적으로 사운평의 말이 진심이라는 걸 알고는 눈꺼풀을 파르르 떨었다.

"네, 네 말만 듣고 어찌 단정할 수 있단 말이냐. 그에 대해서는 내가 더 조사해 보마."

그의 마음을 눈치챈 사운평이 턱짓으로 이가장의 무사들을 가리켰다.

"그에 대한 것은 이수수와 가깝게 지낸 무사들을 취조해 보면 사실이 드러날 같습니다만."

이청산의 낯빛이 창백해졌다.

논리 정연한 사운평의 말에는 빈틈이 없었다.

이수수가 갑자기 정주의 흑도 무리를 없애야 한다고 한 것도 이상했고, 이가장의 무사들 중 이수수를 따르는 일부에게 문제가 있었던 것도 분명한 사실이었다.

하지만 그는 끝까지 자신의 입으로 딸을 범인이라고 인정할 수가 없었다.

그 즉시 이가장의 명예는 장마철 진흙탕보다 더한 구덩이에 떨어질 테니까.

그런데 이청산이 잠깐 생각에 잠겼을 때, 사운평을 포위하고 있던 자들 중 몇 명이 신형을 날렸다.

빠르고 강력한 공격.

숫자는 모두 넷인데 하나같이 일류 고수들이었다.

"수수가 다치지 않게 조심해!"

이청산이 급히 소리쳤다.

하지만 그들은 이수수의 목숨은 안중에도 없다는 듯 오직 사운평만을 노리고 살수를 펼쳤다.

사운평은 그들이 이수수의 하수인이라는 걸 눈치채고 차가운 눈빛을 번뜩였다.

이수수는 그들과의 싸움에 아무런 도움도 되지 않았다.

그들은 오히려 자신이 이수수를 죽이길 바라고 있을 것이다. 그래야 자신들의 죄가 감춰질 테니까.

'개자식들!'

사운평은 빙글 몸을 돌리며 옆구리의 칼을 뽑아서 휘둘렀다.

가슴속에 응어리져 있던 살심이 칼을 통해서 터져 나왔다.

상대의 빈틈을 파고든 그는 손속에 일말의 인정도 두지 않았다.

"크헉!"

피가 튀며 팔 하나가 잘리고, 한 사람은 가슴이 쩍 벌어진 채 달려들던 그대로 꼬꾸라졌다.

사운평은 일도에 두 사람을 무너뜨리고 또다시 칼을 휘둘렀다.

번갯불 같은 도광이 허공을 난자했다.

남은 두 사람은 사운평의 반격을 견디지 못하고 뒤로 물러났다.

하지만 그들의 공격으로 약간의 틈이 생기자, 또 다른 자들 셋이 사운평을 향해 달려들었다. 그중 사십 대의 청의 중년인은 절정 경지에 근접한 진짜 고수였다.

사운평은 그들의 공격을 막으면서 이청산의 마음을 흔들었다.

"이 장주! 딸이 죽어도 상관없단 말이오!"

이청산은 갈등이 일었다. 하지만 이를 악물고 그 모습을 지켜보기만 했다.

이가장의 명예를 지키기 위해서는 다른 방법이 없다.

죽여서 입을 막는 것밖에는.

이수수에 대한 일은 그 후에 생각해도 충분하다.

사운평은 이청산이 가만히 있는 걸 보고 그의 마음을 짐작했다.

'빌어먹을! 그 딸에 그 아비군!'

이제는 이곳을 빠져나가는 게 문제다.

포위망이 열 겹도 더 되는 상황. 자신이 과연 이곳을 살아서 나갈 수 있을까?

'본문의 무공을 팔성만 익혔어도 한번 해볼 만할 텐데.'

사부가 살아 계실 때 열심히 하지 않은 것이 후회 막심했다.

그나마 지난 일 년 동안 죽어라고 수련해서 칠성 경지에 겨우 턱걸이 했지만, 그 정도로는 빠져나가기가 쉽지 않을 듯했다.

그래도 포기할 수는 없는 일. 그는 살천류의 비기(秘技)인 비류무영신법(飛流無影身法)으로 거센 공격을 피하면서 포위망의 빈틈을 찾기 위해 눈을 번뜩였다.

'쉽게 당하진 않아!'

이청산은 사운평이 이수수에게서 멀어지자 눈빛을 빛내며 공력을 끌어올렸다.

일단 이수수만 구해낸다면 사운평을 처리하는 것은 어려울 것이 없었다.

그런데 그가 나서기 전, 바로 옆에 서 있던 창백한 얼굴의 백의 청년이 먼저 이수수를 향해 몸을 날렸다.

더 이상 이수수에게 정신을 쓸 수 없게 된 사운평은 눈앞의 상대를 막는 것에만 모든 신경을 쏟았다.

'빌어먹을! 일이 더럽게 꼬이는군.'

이청산이 설마 딸의 목숨을 거는 모험을 하면서까지 자신을 죽이려 할 줄은 생각도 못 했다.

그놈의 명예가 뭔지!

그사이, 백의 청년이 이수수를 낚아채서 한쪽으로 물러났다. 그리고 장원이 뒤흔들릴 정도로 소리쳤다.

"모두 멈추십시오! 장주님, 모두 멈추게 해주십시오!"

이수수를 구했으니 이제부터 차분히 일을 처리해도 된다. 상대는 독 안에 든 쥐가 아닌가.

"모두 물러서라!"

이청산이 외치자, 사운평을 공격하던 자들이 일제히 뒤로 물러났다.

이청산은 사운평을 노려본 후, 이수수를 구한 청년을 향해 고개를 돌렸다.

백의 청년은 최근 강호에서 위세를 떨치는 신주구세(神州九勢) 중 검천성(劍天城)의 소성주 주호정이었다.

당금 강호의 수많은 청년 무사 중 손에 꼽히는 고수.

그는 이수수와 정혼한 사이였는데, 혼인 날짜를 논의하기 위해서 이틀 전부터 이가장에 와 있었다. 그 이전에는 이연연의 납치 소식을 듣고 달려와서 많은 것을 도와주었고.

"수수를 구해줘서 고맙네, 주 공자. 일단 수수의 상처부터……."

하지만 주호정은 이수수를 방치한 채 느릿느릿 고개를 저었다. 왠지 몰라도 안도감보다는 참담함이 느껴지는 표정이었다.

"죄송합니다, 장주. 저는 고맙다는 말을 들을 자격이 없습니다."

"그게 무슨 말인가?"

"이 소저가 연연이를 죽이려 한 것은…… 아마 저 때문일 겁니다."

뜬금없는 그의 말에 이청산은 정신을 차릴 수가 없었다.

"대체 무슨 말을 하는 건가? 자네 때문에 수수가 연연이를 죽이려

했다니?"

주호정은 바로 대답하지 않고, 이수수의 혈도를 풀어 준 후 물어보았다.

"소저가 말해 보시오. 나 때문에 연연을 죽이려 했던 거요?"

몸을 일으킨 이수수는 눈이 벌게져서 처연한 목소리로 소리쳤다.

"연연, 연연! 공자와 혼인할 사람은 저예요. 언제까지 연연이만 찾을 건가요! 연연이가 뭐 그리 예뻐서 좋아하나요? 공자께선 원래 저를 좋아했잖아요? 제발 저를 버리지 말아요, 주 공자!"

흘러내린 피로 가슴과 얼굴이 시뻘건 상태여서 더욱더 처연하게 느껴졌다.

하지만 주호정은 냉정하게 느껴질 만큼 단호하게 고개를 저었다.

"아니오. 소저는 잘못 알았소. 내가 좋아했던 사람은 처음부터 소저가 아니라 연연이었소. 연연에게 다가가기 위해서 소저를 이용한 점은 정말 미안하게 생각하오. 하지만 용서를 빌지는 않겠소."

"내가 아니라…… 연연이었다고? 연연이에게 다가가기 위해서 이용했다고? 공자가…… 나를?"

이수수는 부들부들 몸을 떨더니 미친 듯이 웃었다.

"오호호호호!"

그러다 갑자기 웃음을 그치고는 눈을 치켜뜨고 소리쳤다.

"맞아! 당신 때문에 연연을 죽이려고 했어! 가진 것 하나 없는데 당신까지 그 벙어리 년에게 뺏길 수는 없었으니까!"

"참으로 독한 사람이오. 그렇다고 동생을 죽이려 하다니."

"당신은 내가 어떻게 살아왔는지 알아? 이 집안에서 첩의 자식으로 눈치 보며 산다는 게 얼마나 힘든지 알아? 그래서 그 벙어리 년을 죽이려 했어! 그 년을 죽이면 당신도, 아버지의 사랑도 모두 내 차지가 될 테니까! 그래서 죽이려 했단 말이야아아아!"

발악하듯 악을 쓰던 그녀가 움찔하며 눈을 흡떴다.

그녀의 가슴으로 삐죽 튀어나온 검 끝에서 핏방울이 뚝뚝 떨어졌다.

검 자루를 잡고 있는 사람은 다름 아닌 이청산이었다. 그는 참담한 표정으로 이수수를 바라보며 말했다.

"너는 해서는 안 될 짓을 했다. 너를 세상에 내보낸 것도 나이니, 목숨도 내가 거두어야 맞겠지."

"아, 아버지……."

"그동안 미안했다, 수수야. 부디 저승에 가서는 외롭게 지내지 말거라."

이청산은 입술을 파르르 떨며 검을 잡아 뺐다.

피 분수가 솟구치며 이수수의 몸이 주호정의 품 안으로 쓰러졌다.

주호정은 차마 외면하지 못하고 그녀의 몸을 붙잡았다.

죽음을 앞두고 주호정의 품에 안긴 이수수는 떨리는 눈으로 그를 바라보았다.

"나, 나도…… 사랑을 받고 싶었어. 나도……."

침묵이 별채를 짓눌렀다. 누구도 입을 열지 못했다.

그때 이청산이 몸을 돌려 사운평을 응시했다.

"연연이를 죽이지 않고 살려둔 것은 고맙다. 하지만 나는 너를 용서할 수가 없구나."

이미 그럴 거라 예상했던 사운평은 이청산의 말이 끝나기도 전에 몸을 날렸다.

그러나 수백 명으로 이루어진 포위망은 워낙 두터웠다. 그의 비류무영신법이 아무리 뛰어나다 해도 그들을 뚫고 나가기에는 역부족이었다.

사운평은 좌충우돌하며 일각을 버텼다. 온몸이 피투성이가 되어서 혈인처럼 보였다.

그동안 이가장의 무사도 이십여 명이나 쓰러졌다. 개중에는 일류고수라 할 만한 자들도 넷이나 되었다.

아마 사운평의 무공이 일 년 전과 같았다면 이미 죽거나 사로잡혔을 것이었다.

하지만 그는 위기에 처한 그 와중에도 기가 죽지 않았다. 기가 죽기는커녕 잠깐 숨 돌릴 기회가 생기자 입에서 피를 튀기며 소리쳤다.

"흥! 나를 죽인다고 해서 이가장의 역겨운 짓이 덮어지지는 않을걸?"

이가장 무사들은 사운평의 퇴로를 완벽히 차단하고 다시 포위망을 좁혔다.

이청산은 사운평의 실력이 예상했던 것보다 훨씬 뛰어나다는 걸 알고 이를 악물었다.

'반드시 죽여야 해!'

놓치면 이가장에 커다란 위협이 될 자다.

그는 자신이 직접 손을 쓰기로 작정하고 걸음을 옮겼다.

“비켜서라. 내가 놈을 처리하겠다.”

그때였다.

“장주, 저희가 처리하겠습니다.”

옆에 있던 쉰 전후의 두 중년인이 앞으로 나섰다. 이가장의 장로 중 두 사람인 조양검(朝陽劍) 양소천과 단혼도(斷魂刀) 가등명이었다.

그러나 이청산은 무거운 표정으로 고개를 저었다.

“아니야. 이 일은 나에게 맡기게. 내 손으로 딸아이들의 한을 풀어주고 싶네.”

단호하게 자신의 의지를 밝힌 그는 미끄러지듯이 사운평을 향해 나아가며 검을 뻗었다.

사 장의 거리가 눈 깜짝한 순간에 좁혀졌다.

사운평은 전력을 다해서 이청산의 검을 막았다.

쩌저정!

정주제일검이라 불리는 이청산의 검세는 무겁고도 강력했다.

사운평은 이청산의 검을 막아내고 주르륵 네 걸음을 물러났다.

‘빌어먹을! 더럽게 강하군!’

그에 반해서 단 한 걸음만 물러선 이청산은 다시 사운평을 향해 검을 뻗으며 노성을 내질렀다.

“제법이다만 내 손을 빠져나갈 수는 없을 것이다, 이놈!”

사운평은 사력을 다해서 이청산의 삼 초 공격을 막아내고는 금방이라도 쓰러질 것처럼 비틀거렸다.

이청산의 검에 얼마나 강한 힘이 실려 있는지 손아귀가 얼얼했다.

‘젠장! 공력에서 너무 밀려.’

그렇다고 해서 목을 내밀고 죽음을 기다릴 순 없는 일. 그는 젖 먹던 힘까지 모조리 끌어올려서 칼에 집중시켰다.

이청산은 노화가 일렁이는 눈으로 사운평을 노려보며 마지막 공격을 위해서 검을 가슴 높이로 들었다.

비어 있는 왼손으로 입가의 피를 쓱 닦아낸 사운평이 조소를 지었다.

"나를 죽여도 당신은 자랑스럽지 못할걸?"

사실이 그랬다.

하지만 이청산은 물러설 생각이 없었다.

지금의 대결은 승부를 가리기 위한 비무가 아니다. 딸을 위해서 상대를 죽이려는 것뿐.

"누가 뭐라고 욕해도 네놈만큼은 반드시 죽이고 말겠다."

순간, 곧추세운 그의 검에서 아지랑이 같은 검기가 흘러나왔다.

그때였다. 커다란 목소리가 별채를 뒤흔들었다.

"멈추시게!"

뒤이어 비명인지 신음인지 모를 소리가 들려왔다.

"아아아아아……!"

이청산은 머리끝이 쭈뼛거리는 느낌에 멈칫하고는 홱, 고개를 돌렸다.

저만치 승포를 입은 노승이 날듯이 달려오고 있었다. 그리고 그 뒤에서 누군가가 악을 쓰면서 뛰어오고 있었다.

허름한 경장, 뒤로 질끈 묶은 머리. 이연연은 예전과 모습이 많이 달랐다.

하지만 이청산은 곧바로 이연연을 알아보았다.

"여, 연연아!"

이연연은 눈물을 흘리면서 전력을 다해 뛰었다.

'저 사람을 죽게 놔둘 순 없어! 무슨 일이 있어도 살려야 해!'

그녀는 혼신의 힘을 다해서 악을 질렀다.

그녀의 절박한 마음은 오랜 세월 굳게 닫혀 있던 목청마저 터트려 버렸다.

"아아아, 아, 안…… 돼요, 아버지이이이!"

이청산의 휘둥그레진 눈이 거세게 떨렸다.

"여, 연연이가, 연연이가 말을……!"

"아아아, 아버지! 그만해요!"

이청산은 격정에 찬 표정으로 이연연을 바라보았다.

"오오오오, 연연아!"

이연연은 뛰어오던 그대로 이청산의 품에 뛰어들었다.

"아버지!"

이청산은 이연연을 힘껏 끌어안았다.

"오오오! 내 딸이 말을 되찾았구나! 하늘이여, 감사합니다!"

"저, 저 사람을, 저 사람을…… 놓아줘요, 아버지."

납치한 놈을 놓아주라고?

"무슨 소리냐? 너를 납치한 저놈을 놓아주라니?"

"나중에, 나중에…… 말씀드릴게요."

그동안 무슨 일이 있었던 걸까?

'저놈이 혹시……?'

이청산은 슬쩍 딸의 팔을 바라보았다.

수궁사(守宮砂)가 보이지 않았다. 수궁사가 있던 자리에는 기다란 상처만 남아 있을 뿐.

상처로 인해 정확한 것을 알 순 없었다. 하지만 일 년 이상 저 늑대 같은 놈과 함께 있었지 않은가.

그동안 아무 일도 일어나지 않았다는 것을 누가 보장할 수 있을까.

짐작하는 것만으로도 머릿속에서 불꽃이 튀었다.

'죽일 놈! 네놈이 감히……!'

그렇다고 해서 저놈을 죽이면 또 충격을 받아서 말을 잃을지도 모르는 일. 이청산은 딸의 부탁을 거절할 만한 용기가 나지 않았다.

노기가 가득한 눈빛으로 사운평을 돌아다본 그가 씹어뱉듯이 말했다.

"내 마음이 변하기 전에 가라, 이놈. 단, 내 말을 명심해라. 지난 일을 핑계 삼아서 내 딸을 괴롭히면, 내 지옥 끝까지 쫓아가서 네놈을 죽일 것이니라. 그리고 다시는 내 눈에 띄지 마라. 내 눈에 뜨이면 용서치 않을 것이다."

"걱정 마쇼. 나 역시 장주를 다시 보고 싶은 마음은 눈곱만큼도 없으니까."

툭 쏘아붙인 사운평은 이연연을 바라보았다.

눈물을 글썽이며 쳐다보는 것이, 마치 빨리 가라며 손짓하는 것처럼 느껴졌다.

'그래. 간다, 가. 좌우간 잘 살아라, 연연. 그리고 목소리 찾은 거 축하해.'

속으로 이연연에게 말을 건넨 그는 몸을 홱 돌리고 버럭 소리쳤다.
"비켜! 가도 된다잖아!"
그러고는 고통을 참고 씩씩하게 걸었다.
남자가 이 정도 가지고 아픈 척할 순 없잖아?

* * *

이가장을 나온 사운평은 약 두어 가지와 독한 술을 사 들고 불타 버린 소화루로 갔다.
소화루의 주 건물은 완전히 다 타 버렸지만, 별채의 전각은 반쯤 남아 있었다.
그는 반쯤 타버린 전각 한쪽에 쪼그리고 앉았다.
옷을 벗고서 상처에 독한 술을 뿌리고 약을 바른 그는 걸레쪽처럼 변한 겉옷을 찢어서 상처를 싸맸다.
"으으으, 되게 아프네."
사실 그는 이보다 몇 배나 되는 고통을 수십 번 겪어 보았다.
그런데도 이상하게 그때보다 더 아팠다.
이연연을 다시는 만날 수 없어서 그런가?
'젠장.'
대충 상처를 처리한 그는 머리를 벽에 기대고 허공을 올려다보았다.
어머니가 돌아가신 후로 이런 기분은 처음이었다.
도도 누나도 돌아가시고, 찰싹 달라붙어 있던 이연연도 이제는 곁에 없었다.

그때처럼 아무도 없는 것이다.

'도도 누나, 미안해. 내가 조금만 더 강했으면 화끈하게 복수를 해줬을 텐데…….'

원흉인 이수수를 죽게 만들었으니 복수는 반쯤 이루었다고 봐야 했다. 남은 것은 적등산과 그의 똘마니들뿐.

그는 지옥 끝까지 쫓아가서 그들을 자신의 손으로 직접 죽일 생각이었다.

그들이라면 저항하지 않아도 죽이는 것이 가능할 것 같았다.

'개자식들. 이제부터 너희들은 꿈자리가 사나워서 잠도 제대로 못 잘 거다.'

*　　*　　*

이튿날 아침, 사운평은 작은 보따리를 하나 등에 매고 성문을 나섰다.

발을 내디딜 때마다 상처가 욱신거렸다. 어깨와 허벅지는 상처가 심해서 머리끝이 쭈뼛 설 정도였다.

하지만 그는 꾹 참고 걸음을 옮겼다.

성문을 나서자 이연연의 얼굴이 떠올랐다. 쓴웃음이 입가에 절로 맺혔다.

'제길, 내 주제에 그렇게 예쁜 여자하고 산다는 게 웃기는 일이지, 뭐.'

그는 서쪽으로 방향을 잡고 털레털레 걸어갔다.

그는 적등산을 잡는 것 외에 또 다른 목표를 세웠다.

아무래도 강호에서 오래 살려면 좀 더 강해져야 할 것 같았다. 그래서 앞으로는 시간이 날 때마다 게으름을 피우지 않고 열심히 무공을 익힐 작정이었다.

강해져서 유명해지면 혹시 알아? 이연연을 얻을 수 있을지.

그때까지 이연연이 혼자 산다면 말이다.

사운평은 희망의 씨앗이 가슴속에서 피어나자 어깨를 폈다.

"그래, 힘내자, 사운평! 이가장이 뭐 별거냐? 너는 할 수 있어!"

하늘을 향해 소리친 그는 정주성에서 점점 멀어졌다.

*　　*　　*

살수는 기본적으로 지는 승부에 뛰어들지 않는다. 철저히 조사하고 완벽하게 준비한 후 승부를 본다.

사운평 역시 자만하지 않았다. 만용을 부릴 생각도 없고.

내외상이 심한 몸으로 마도의 고수인 적등산을 상대하다가는 거꾸로 당할지도 모르는 일.

일단 몸부터 만드는 게 우선이었다.

그런데 내상은 외상과 달라서 치료하는 데 상당한 시간이 필요했다. 그는 일단 운해곡에서 몸을 치료한 후 적등산을 잡으러 가기로 했다.

사운평은 운해곡에 도착할 때까지 뒤를 돌아보지 않았다.

뒤를 돌아다보면 마음이 흔들릴지도 몰랐다.

이 험한 세상에서 힘이 없다는 것은 슬픈 일이었다.

자신이 이연연에 대한 청부 의뢰를 수락한 것도, 도도가 당한 것도, 본의와 상관없이 정주를 떠난 것도 다 힘이 없어서였다.

"빌어먹을! 좌우간 이놈의 세상은 일단 힘이 있고 봐야 한다니까."

사운평은 연신 투덜거리며 통나무집 앞에 섰다.

묘한 기분이 든 것은 그때였다.

운해곡의 분위기가 얼마 전과 전혀 다르게 느껴졌다.

정확히 얼마나 달라졌는지는 알 수 없었다. 기분의 차이를 숫자로 따질 수는 없었으니까.

"왜 이리 휑하지?"

크게 달라진 것은 없었다.

통나무집도 떠나기 전의 그 모습 그대로였고, 주위의 산도 그 자리에 있었으니까.

없어진 것은 단 하나. 이연연뿐이었다.

말도 제대로 못 하고 묵묵히 자신에게 맡아진 일만 하던 그녀만. 가끔은 근심 걱정 하나 없는 여자처럼 즐거워해서 도대체가 납치된 사람처럼 여겨지지 않던 그녀만 보이지 않는 것이다.

사실 자신이 사부와 함께 이곳에서 보낸 세월을 생각하면 그녀가 머문 시간은 무척 짧았다.

그런데 참 이상했다.

통나무집도 다르게 보였고, 숭산의 거봉도 전처럼 정겹지 않았다.

그녀만 없을 뿐인데.

앞으로는 식사를 챙겨 주는 사람도 없겠지? 자신의 짜증을 묵묵히 받아주는 사람도 없을 것이고…….

사운평은 멍하니 서 있다가 고개를 세차게 흔들고는 한숨을 길게 내쉬었다.

"후우우, 내가 진짜 왜 이러지? 미쳤나?"

*　　*　　*

운해곡에 들어선지 보름째 되던 날.

사운평은 떠날 준비를 했다.

그에게 보름이라는 시간은 그 무엇보다 훌륭한 약이었다.

그사이 외상은 물론 내상까지도 모두 나았다. 그뿐만 아니라 마음의 병(?) 역시 어느 정도 나은 듯했다.

거기다 무공도 한 단계 올라선 것 같아서 사운평으로서는 더없이 유익한 시간이었다.

그런데 어떻게 보면 무공이 증진한 것은 이연연 덕분이었다.

몸이 어느 정도 나은 후로는 미친 듯이 수련에 열중했으니까. 잠깐만 쉬어도 그녀가 생각날 것만 같아서 거의 쓰러지기 직전까지 수련만 한 것이다.

덕분에 살천류 사대무공 중 하나인 부동명심천살공(不動銘心天殺功)이 육성의 경지에 이르러서 이제는 그녀를 생각해도 전처럼 마음이 흔들리지 않았다.

사운평은 자신의 현 상태에 만족했다.

지금 같으면 이청산하고 정면으로 붙어도 쉽게 깨지지 않을 것 같았다.

사실 살수 무공을 익힌 자가 정면대결로 절정 경지에 이른 고수를 이긴다는 것은 쉬운 일이 아니다. 더구나 이청산 같은 초절정 고수라면 이기기가 더더욱 힘들다.

하지만 살천류의 본질은 살수의 무공이 아니었다. 살기가 지나치게 강하다 보니 그렇게 변질된 것일 뿐, 살천류에는 비천문의 심오한 무리가 포함되어 있어서 강호의 어떤 절기에도 뒤지지 않는 깊이가 있었다.

그는 이제 살천무무공이 욕심났다.

느낌상으로는 지금 자신의 수준이 살천무무공에 슬쩍 발가락 하나쯤은 걸친 듯했다.

가르쳐주는 이 없고 정확한 수준을 알려 주는 이 없어서 확실하게 알 순 없지만.

"적등산을 처리하고 나면 돌아와서 살천무무공까지 완성해야겠군."

살천무무공을 완성하기 위해서는 반드시 필요한 것이 있다.

살심. 사람을 죽이는 것. 사부가 그렇게 원했던 단정의 단계가.

적등산을 죽이고 오면 그것도 가능할 듯했다.

'그럼 이연연도 잊을 수 있겠지.'

그녀를 잊는다는 게 가슴 아픈 일이긴 하지만, 솔직히 그녀는 자신과 어울리지 않았다.

봄꽃처럼 아름다운 이가장의 외동딸 이연연과 삼구통의 고아로 자란 청부업자 사운평.

백이면 백 고개를 저을 조합이 아닌가 말이다.

피식, 실소를 지은 사운평은 칼은 옆구리에 찼다.

'꿈도 크다니까. 연연이가 뭐가 아쉬워서 나와 살겠어?'

그때였다.

봇짐을 집으려던 사운평의 얼굴에서 실소가 사라졌다.

살천류를 익힌 그의 예민한 감각이 누군가가 접근하고 있다는 경고를 보내고 있었다.

'누구지?'

그가 속으로 다섯을 셀 즈음, 경탄하는 목소리가 들렸다.

"호오, 여기에 이런 곳이 있을 줄은 생각도 못 했군."

사운평은 고개를 돌려서 좌측을 바라보았다.

깎아지른 절벽 십여 장 높이에 한 사람이 밧줄을 의지한 채 매달려 있었다.

승복을 입은 까까머리. 중이었다.

'이런, 여기가 살천류 수련 장소라는 걸 알게 되면 귀찮아지는데. 어떡하지?'

죽일 수도 없고. 아니, 죽일 자신도 없고…….

'다리만 부러뜨려서 돌아가지 못하게 만들까?'

아혈을 찍어서 입도 막아야 할 것 같다.

바로 그때, 길게 늘어져 있던 밧줄이 중간에서 뚝 끊어졌다.

"헉! 으아아아!"

중이 비명을 지르며 절벽에서 떨어졌다.

하늘이 알아서 처리한 건가?

사운평으로선 차라리 잘 된 일이었다.

죽이기도 그렇고, 그냥 보내기도 그렇고. 어정쩡한 상황이었거늘.

'운도 없는 중이군.'

그러나 중의 명줄은 제법 질겼다.

"어휴, 하마터면 큰일 날 뻔했네."

망태기를 걸머진 중이 승복을 털털 털며 숲에서 걸어 나왔다. 보아하니 크게 다치지는 않은 듯했다.

사운평은 중을 좀 더 자세히 살펴보았다.

수더분한 인상에 나이는 젊었다. 잘해야 자신보다 두어 살 많은 정도?

그래도 다행히 젊은 중이 입고 있는 옷은 소림사의 승복이 아니었다.

숭산에는 사운평이 아는 사찰만 해도 십여 개나 되는데, 그 사찰 중 하나에 사는 중인 듯했다.

그러나 십 장 높이 절벽에서 떨어지고도 말짱한 걸 보니 평범한 중은 아닌 듯했다.

"여기 사쇼?"

말투가 중답지 않은 것은 조금 이상했지만.

그러나 젊은 중에게서 제법 강한 기운을 느낀 사운평은 긴장감을 풀지 않았다.

살수는 긴장감을 푸는 순간 죽음이 찾아오는 법!

그는 차갑게 가라앉은 눈으로 젊은 중을 보며 대답했다.

"그렇소."

"저 너머에 약초를 캐러 몇 번 와 보긴 했는데, 이곳에 사람이 사는 줄은 알지도 못했소."

"약초를 캐러 온 거요?"

"이 근처에 돈 좀 되는 약초가 있다고 해서 말이오."

돈? 중이 돈을 밝히다니.

'젊은 놈이 땡중인가 보군.'

그때 젊은 땡중이 머리를 박박 긁더니 머쓱하게 웃었다.

"하하, 사실 나는 중이 아니오."

중이 아니라고?

"중도 아닌데 승복은 왜 입고, 머리는 왜 깎고 다니는 거요?"

"남의 눈치를 보지 않고 숭산을 돌아다니려면 이 차림새가 편하죠."

한마디로 잔머리를 굴렸다는 뜻.

보통 놈이 아니었다.

"혹시 길을 모르는 거라면 저쪽으로 가시오. 그럼 계곡을 나갈 수 있을 거요."

"고맙소. 그런데 혹시 먹다 만 음식이라도 남은 것 없소? 싸 온 주먹밥을 어디다 흘리는 바람에 점심을 굶었더니 배가 고파서 말이오."

젊은 땡중은 잔머리만 잘 굴리는 것이 아니라 낯짝도 두꺼웠다.

"없소. 나도 떠나려던 참이라 음식을 하지 않았소."

"쩝, 없다면 별수 없죠."

젊은 땡중은 아쉬워하면서도 바로 떠날 생각을 하지 않았다.
"왜 가지 않는 거요?"
"떠나려던 참이라 하지 않았소? 어차피 형장이 길을 더 잘 알 테니 뒤를 따라갈까 해서 말이오."
'오랜만에 강적을 만났군.'
사운평은 젊은 땡중을 쓱 훑어보고는 싸 놓은 봇짐을 어깨에 걸머졌다.

*　　　*　　　*

운해곡을 반쯤 빠져나왔을 때였다.
"내 이름은 임풍이오."
묻지도 않았는데 젊은 땡중이 자신의 이름을 알려 주었다.
"나는 사운평이오."
사운평도 자신의 이름을 말해 주었다.
그가 말을 받아주자 임풍이 신이 난 듯 말했다. 수더분한 인상만큼이나 붙임성도 좋았다.
"나는 사실 의원이오."
"의원?"
"뭐 대단한 의원은 아니오만, 그래도 실력은 남 못지않다고 자부하고 있소."
그래서 약초를 캐러 온 건가?
어쨌든 의원이라면 뒤통수를 칠 놈은 아닌 것 같다. 사람 속이야 열고 들여다보기 전에는 알 수 없지만.

계곡을 빠져나오는 동안 임풍은 거의 쉬지 않고 말했다. 그 덕에 사운평은 그에 대해서 반쯤은 알 수 있었다.

특히 임풍이 낙양에 산다는 말에 호감도도 높아졌다.

"낙양 어디에 살고 있지?"

"상선로(上善路). 아주 좋은 동네는 아니지만 그래도 사람들 인심은 낙양에서 제일이지."

두 사람은 자연스럽게 말을 텄다.

운해곡을 빠져나오는 한 시진 동안 이런저런 대화를 나누다 보니 어딘지 모르게 말이 통하는 듯했다. 그래서 나이는 임풍이 두 살 많지만 친구처럼 지내기로 했다.

"그런데 임풍, 자네는 무공을 어디서 배웠지? 내가 보기에는 약한 실력이 아닌 것 같은데."

"하하, 의원 중에도 무공에 능한 사람이 많아. 의원은 경맥과 경혈의 흐름에 밝아서 내공심법을 배우는 사람들이 많거든. 무사처럼 무공으로 이름을 떨치기 위해서라기보다는 호신(護身)을 위해서지."

"생각해 보니 그 말도 옳군."

"선사(先師)께서도 크게 이름이 나진 않았지만 어지간한 강호인보다 강했지. 하지만 의원들은 의술을 익히는 것만 해도 평생을 배워야 하기 때문에 무공에 전념할 수 없어."

"자넨 좀 다른 것 같은데?"

"나는 좀 유별난 경우지. 먼저 의술을 배웠는데, 나중에는 의술보다 무공에 더 관심이 가지 뭔가. 그래서 한 삼 년 동안은 무공에 전념했지. 그 바람에 스승님의 속을 많이 썩였는데……."

숭산을 빠져나온 사운평과 임풍은 해가 진 후에야 낙양에 도착했다. 임풍은 사운평을 낙양 서쪽 상선로에 있는 자신의 집으로 데려갔다. 상선로는 약초상들이 즐비했는데, 밤이 되어서인지 대부분 문을 닫은 상태였다.

임풍의 집은 약초상 사이의 골목 안쪽에 있었다. 집은 크지 않았지만 의원을 겸하고 있었다.

두 사람이 안으로 들어가자, 이제 열서너 살쯤으로 보이는 귀여운 소년이 뛰어나오더니 울상을 지으며 맞이했다.

"의원님, 이제 오시면 어떡해요?"

사운평은 울상을 짓고 있는 소년을 바라보았다.

임풍은 시동 겸 제자 겸 동생인 영소와 함께 산다고 했다. 소년이 그 영소인 듯했다.

그런데 무슨 일이기에 저런 표정인 걸까?

"왜? 무슨 일 있었어?"

"큰일 났어요!"

"무슨 소리야?"

"의원님께서 치료하신 공 노인 어르신이 어제 급사하셨대요. 어젯밤에 공 노인의 하인들이 찾아와서 의원님을 찾아내라며 한바탕 난리를 피웠어요."

깜짝 놀란 임풍은 집 안을 둘러보았다.

어쩐지 집 안의 물건들이 혼잡스럽게 어질러져 있었다. 영소가 대충 치우긴 한 것 같은데 한바탕 일이 터진 흔적이 고스란히 엿보였다. 개중 몇 가지 물건은 부서지기도 했고.

"이상하군. 공 노인은 병이 나아가던 중이었는데 급사라니. 도대체 무슨 일이 벌어진 거지?"

"의원님의 실수로 밝혀지면 가만 안 두겠대요."

영소는 겁에 질린 표정이었다.

하긴 하인들이 몰려와서 난리를 쳤다면 이틀 동안 혼자서 얼마나 무서웠을 것인가?

임풍은 방 안을 서성이며 잠시 생각을 정리하고는, 굳은 표정으로 고개를 들었다. 고개를 든 그의 얼굴 어디에서도 수더분하고 붙임성 좋던 임풍은 찾아볼 수 없었다.

말투도 한층 냉랭해졌고.

"아무래도 내가 직접 가 봐야겠다. 죽지 않아야 할 사람이 죽었다면 그만한 이유가 있겠지. 왜 죽었는지 알기 전에는 절대 내 잘못을 인정할 수 없어."

그때 사운평이 불쑥 말했다.

"나도 함께 가겠어."

"자네가?"

"여기에 남아 있기도 그렇잖아?"

"하긴 그렇군. 그럼 함께 가세."

第六章

난문도해(難文圖解)

공 노인, 공우성은 낙양 남쪽에 있는 공가장(公家莊)의 주인이었다.

공가장은 그리 크지도 않고 위세도 없었지만, 낙양 일대에서 나름대로 유명했다. 다름 아닌 공 노인 때문이었다.

공 노인은 황궁에서 이십여 년 동안 벼슬을 하다 낙향한 사람이라고 알려져 있었다.

그가 고향인 낙양으로 돌아온 것은 십삼 년 전. 아들 둘과 어린 딸 하나, 그리고 하인 십여 명을 데리고 돌아왔다.

두 아들 중 작은아들은 공 노인 곁에 머물고, 큰아들은 벼슬길에 오른다며 낙양을 떠난 지 벌써 십 년이 다 되었다. 딸은 강호의 무부와 눈이 맞아서 구 년 전에 집을 떠났고.

현재 공가장에는 작은아들 공가선과 그의 부인, 자식 셋이 하인 이십여 명과 함께 살고 있었다.

승복을 의원 복장으로 갈아입은 임풍은 사운평과 함께 공가장으로 향했다.

공가장은 이미 슬픔이 가득한 상가가 되어 있었다.

두 사람이 정문을 통과하자, 험악한 시선이 두 사람을 꿰뚫어 버릴 것처럼 쏟아졌다.

"임풍이란 놈이잖아?"

"저놈이 죽을 자리를 찾아왔군."

임풍은 흔들리지 않고 자신이 찾아온 이유를 밝혔다.

"소생 임풍이 공 노인의 사인을 알아보러 왔소이다."

"흥! 어르신을 돌아가시게 만든 놈이 말은 번지르르하구나."

"그러게 저런 돌팔이에게 치료를 맡기는 것이 아닌데……."

공 노인은 생전에 인심이 후하고 어질어서 하인들을 잘 대해 주었다. 그러하기에 하인들은 그를 무척 공경했다.

그런 주인이 갑자기 죽었으니 분노를 쏟아낼 수밖에.

아마 임풍 옆에 칼을 찬 사운평만 없었어도 멱살을 잡으러 달려들었을지 몰랐다. 아니면 주먹부터 휘둘렀든지.

"욕을 하는 것은 사인을 알아본 후에 해도 늦지 않소. 작은 장주께선 어디 계시오?"

임풍은 흔들리지 않고 공가선을 찾았다.

그 직후 마당 건너편 건물의 방문이 열리고, 사십 대 초반쯤으로 보이는 중년인이 방에서 나왔다. 그가 바로 공가선이었다.

"드디어 왔군."

냉랭한 목소리.

임풍은 공가선을 향해 고개를 숙이고 말했다.

"약초를 캐러 자리를 비웠다가 이제야 도착했습니다."

"자네가 만들어 준 약을 꾸준히 복용하셨거늘, 아버님께서 어제 갑자기 경기를 일으키며 쓰러지셨다. 그리고 일각도 버티지 못하고 돌아가셨지."

"공 어르신께서는 제 약 때문에 쓰러지실 리가 없습니다."

"그리 장담하는 이유라도 있느냐? 만약 말로만 변명하는 거라면 치도곤을 당할 것이니라."

"제가 만들어 드린 약은 활기탕(活氣湯) 종류로 기를 북돋아 주는 약입니다. 쓰러지게 생긴 사람도 장복을 하면 빳빳이 걸을 수 있지요. 절대 그 약 때문에 쓰러지신 게 아닐 것입니다."

공가선이 눈살을 찌푸렸다.

그도 활기탕이 어떤 역할을 하는지 알고 있었다. 임풍의 말이 사실이라면 부친의 죽음을 임풍의 탓으로만 돌릴 수도 없었다. 그렇다고 해서 책임을 완전히 벗어난 것은 아니지만.

"약재를 너무 과하게 써서 충격을 받은 것일 수도 있지 않느냐?"

"어르신의 나이를 생각해서 약성이 지나치게 강한 약재는 배제했습니다."

"그게 사실이냐?"

"남은 약이 있다면 다른 의원을 불러 확인해 보시지요."

임풍이 워낙 자신 있게 말을 하니 공가선도 더 이상 차갑게 다그칠

수 없었다.

"그럼 왜 아버님께서 갑자기 쓰러지신단 말이냐?"

"그걸 알아보려고 온 것입니다. 어르신의 시신을 살펴볼 수 있게 허락해 주시지요."

마음이 흔들린 공가선은 잠시 생각하더니 차가운 표정으로 고개를 끄덕였다.

"좋다. 그럼 너에게 아버님을 뵈올 기회를 주마. 사인을 정확히 알아내지 못하면, 내 가만두지 않을 것이니라. 명심하고 확실하게 살펴보도록 해라."

"감사합니다, 소장주."

시신은 하루가 조금 더 지난 상태였다. 석회와 숯으로 방부 처리를 해서 부패가 심하진 않았다.

임풍은 소매를 걷고 공우성의 시신을 세세히 살펴보았다. 어찌나 자세하게 살펴보는지 머리카락을 하나하나 세는 듯했다.

사운평은 임풍을 새삼스런 눈으로 바라보았다.

'정말 꼼꼼하군. 보기와는 영 딴판인데?'

그사이 임풍은 겉모습에 대한 관찰을 마치고 시신의 옷을 조심스럽게 벗겼다. 행여나 먼지 한 톨이라도 자신 모르게 떨어져서 증거가 사라지는 일이 없도록.

노인의 맨몸을 보는 것은 그리 즐거운 일이 아니었다.

더구나 시신이 아닌가.

바싹 마른 몸에 거무죽죽한 피부, 쭈글쭈글한 거죽과 울퉁불퉁 튀어나온 뼈. 친인이라면 모를까 남이라면 촌각도 보고 싶지 않은 모습이었다.

그런데도 임풍은 미지의 세계를 탐색하듯이, 숨구멍 하나하나 자세히 들여다보았다.

무려 한 시진. 쉬지 않고 시신을 관찰했으니 지칠 만한데도 임풍의 눈빛은 처음과 크게 달라지지 않았다.

의외라면 사운평이었다. 사운평도 임풍에게 전염된 듯 조금도 지루해하지 않고 그 광경을 지켜보았다. 청부업자의 눈으로.

하긴 그도 한때는 살수 수업을 받은 사람이었다. 그것도 강호 최고의 살수로 키우려는 사부 아래에서.

살수의 기본은 조사와 관찰. 그리고 정확한 판단이 아닌가. 그런 일이라면 남에게 뒤지지 않았다.

임풍이 전면부를 살펴보고 고개를 돌렸다.

"나 좀 도와주게. 시신을 뒤집어야겠어."

"그러지."

사운평이 임풍을 도와서 공 노인의 시신을 뒤집었다.

또다시 임풍의 조사가 시작되었다.

일각쯤 지났을 때였다. 시신의 등을 바라보던 사운평의 감각에 뭔지 모를 이질감이 느껴졌다.

임풍은 모르는 듯 눈빛에 변함이 없었다.

"잠깐."

"왜?"

"흉추(胸椎) 아홉 번째 마디 옆을 잘 살펴봐."

사운평의 말에 임풍의 시선이 흉추로 향했다.

사운평의 말이 이어졌다.

"간수혈(肝兪穴)에 찍힌 거. 단순한 점이 아닌 것 같은데?"

간수혈에는 파리가 똥을 싼 것처럼 극히 작은 점이 두 개 있었다.

사운평의 말을 들은 임풍은 눈을 가까이 대고 점을 살펴보았다. 순간적으로 눈빛을 반짝인 그는 검지로 점을 문지르더니 나직하게 말했다.

"맞아, 점이 아니야."

"그럼 뭐지?"

"누군가가 침으로 찔렀어. 피가 굳어서 점처럼 보일 뿐이야."

"그곳을 침으로 잘못 찌르면 위험할 텐데?"

"당연하지. 안쪽에 간이 있어서 조금만 깊게 찔러도 간이 상해."

차갑게 대답한 임풍이 고개를 들고 결론을 내렸다.

"그럼…… 사오 일 만에 죽지. 더구나 그 침에 수작을 부렸다면 하루도 못 가서 숨이 끊어져."

"만약 침을 놓은 게 사인이라면, 고의로 죽였을 수도 있단 말이군."

"그래. 공 노인은 사흘 전까지 아무 이상이 없었거든."

"흠, 살인이라……. 이거 고약한 냄새가 나는데?"

임풍이 느릿하니 고개를 끄덕이고는, 감탄한 표정으로 사운평을 올려다보았다.

"자네 정말 대단하군. 내가 조사하는 것을 지루하지 않게 쳐다보는 걸 보고 인내심이 있다는 생각은 들었지만, 이렇게 미세한 흔적을 한 눈에 찾아내다니, 이거 의원데?"

"직업상 남보다는 관찰력이 좀 있는 편이지."

"직업? 뭘 하는데?"

"청부업자."

시신이 있는 전각을 나선 사운평과 임풍은 공가선을 찾아갔다.

공가선은 임풍에게서 간단한 설명을 듣고 깜짝 놀랐다.

"뭐? 아버님께서 살해당했다고?"

"그렇습니다. 침에 독을 발라서 찌른 것처럼 보입니다. 살이 변색되지 않은 걸 보니 약한 독을 사용한 것 같습니다만, 그 정도만으로도 간에 충격을 주는 것은 충분합니다. 며칠 사이에 침을 맞은 것 같습니다만, 누가 침을 놓았습니까?"

공가선은 창백해진 얼굴로 지나간 일을 말해 주었다.

"사흘 전 용한 의원이 낙양에 왔다는 말을 듣고 그를 초빙했다. 침은 그가 놓았지."

"낙양의 의원이 아니었단 말씀입니까?"

"그래."

"이름이 뭡니까?"

"노경이라고 했다. 그런데 정말 아버님께서 침을 잘못 맞아서 돌아가신 거냐?"

공가선은 임풍의 설명을 듣고도 그에 대한 의심을 떨치지 못했다.

"제 목숨을 걸지요. 제가 지어 드린 약은 전혀 상관이 없습니다."

"정말 침을 잘못 맞아서 돌아가셨단 말이지?"

"그렇습니다. 그것도 고의로 어르신을 해쳤습니다."

"대체 일면식도 없던 그자가 왜 아버님을 살해한단 말이냐? 그럴 이유가 없잖느냐?"

그때 조용히 서 있던 사운평이 깊게 가라앉은 눈빛으로 물었다.

"혹시 어르신께 원한을 가진 사람이라도 있습니까?"

"아버님께서는 워낙 선량하게 사셔서 원한 진 사람이 없느니라."

"아주 교묘한 살인입니다. 원인이 없을 리가 없습니다."

"글쎄, 아버님께선 살해당할 만한 일을 하신 적이 없다니까?"

공가선이 목소리를 높였다.

그러나 사운평은 눈빛 한 점 흔들리지 않고, 노련한 해결사처럼 목소리를 착 깔고 공가선을 압박했다.

"원한이 없다면 다른 이유라도 있을 겁니다. 때로는 가진 보물이 도둑을 불러들일 때도 있지요."

"우리에게는 보물이라 할 물건도 없어."

"딱히 보물이 아니어도 상관없습니다. 누군가가 탐을 낼 만한 물건이 있다면 그게 바로 보물 역할을 했을 수도 있습니다."

그 말에 공가선이 멈칫하더니, 뭔가를 떠올린 듯 이마를 찌푸렸다.

사운평이 그 모습을 놓치지 않고 즉시 물었다.

"생각나신 것이 있습니까? 뭐든 좋으니 말씀해 보십시오."

"그게…… 한 가지 마음에 걸리는 것이 있긴 한데, 도둑들이 욕심낼 만한 물건은 아니야."

"뭡니까?"

"난문도해(難文圖解)라는 책이다. 오래된 고문자나 특이한 글자를 해석하는 책인데, 아버님께서 무척 아끼셨지. 그런 글자는 형태가 조금만 틀려도 뜻이 달라지기 때문에 사본도 없어. 그래서 고서에 취미를 지닌 사람들에게는 능히 보물이라 할 수 있지."

"그 책을 떠올리셨을 때는 그만한 이유가 있을 것 같습니다만."

"한 달 전에 그 책을 팔라고 집요하게 요구한 사람이 있었지. 우리가 생각도 못 한 많은 돈을 주겠다면서. 하지만 아버님께서는 돈이 필요 없다며 팔지 않으셨어."

"누굽니까?"

"연은장(聯銀莊)의 주인 유대곡이야. 당시에 대동한 자가 섬뜩한 느낌을 풍기긴 했지만, 나는 아직도 그자가 아버님을 해쳤을 거라고는 생각지 않아."

"확인해 보면 알겠지요. 장주의 선친께서 그 책 때문에 돌아가셨다면 지금쯤 그 책은 이곳에 없을 테니까요."

"네 말도 옳군. 좋아, 함께 가서 확인해보도록 하자."

공우성은 아끼는 책을 자신의 방 한쪽에 있는 고풍스런 책 상자에 넣어 두었다.

공가선은 사운평과 임풍의 입회 아래 책 상자를 열었다.

책 상자 안의 책자는 이십여 권. 그런데 책이 어지럽게 흩어져 있었다.

외부인이 손을 댔다는 말.

당황한 공가선은 책을 하나하나 꺼내며 확인을 해 보았다.

마지막 책을 꺼낼 때까지 그가 찾는 난문도해는 없었다.

"이, 이 죽일 놈들이……."

고고하게만 보이던 공가선이 분노한 표정으로 욕설을 씹어뱉었다.

사운평은 자신의 짐작이 맞았다는 걸 알고 속으로 쾌재를 불렀다. 공가선이야 즐겁지 않겠지만.

'그러고 보면 나도 이런 쪽으로 소질이 있단 말이야.'

하지만 겉으로는 침중한 표정을 지은 채 입을 열었다.

"없습니까?"

"정말 없구나."

"역시 제 생각대로군요."

"아무래도 그런 것 같다."

임풍이 무겁게 고개를 끄덕이는 공가선을 보며 말했다.

"관에 신고를 하시는 게 어떻겠습니까?"

공가선의 눈빛이 흔들렸다.

"너도 알지 모르지만, 연은장은 낙양에서 위세가 대단한 곳이니라. 우리 같은 일개 유학자 집안과 비교할 수가 없지. 신고해 봐야 유야무야 끝날 거야."

"그럼 모른 척하고 그냥 넘어가실 생각이십니까?"

"그럴 순 없지. 먼 친척 중에 강호무림에서 활동하고 있는 사람이 있다. 그를 통하면 연은장 놈들에게 빚을 받아낼 방법을 찾아낼 수 있을 거야."

치미는 분노를 억누른 공가선이 이를 갈며 말했다.

순간, 사운평이 눈빛을 번뜩이며 기회를 놓치지 않았다.

"그런 일이라면 해결사에게 맡기시지요."

"나는 그런 사람을 알지 못해. 설령 안다 해도 어설픈 사람에게 맡겨 봐야 거꾸로 화만 입을 것이 아니냐?"

"그러니 능력 있는 사람에게 맡겨야지요."

"그런 사람을 찾는 게 어디 쉬운 일이더냐?"

"어려울 것도 없지요. 바로 앞에 있지 않습니까?"

공가선이 사운평을 빤히 바라보았다.

"네가?"

"그렇습니다. 어르신께서 생전에 어려운 사람을 많이 위해 주셨다니, 가격도 저렴하게 해 드리지요."

단숨에 사건의 맥을 짚어서 범인을 알아낸 사운평이다.

누구보다 그 사실을 잘 아는 공가선은 사운평에 대해 믿음이 갔다.

생김새가 조금 잘생긴 것을 제외하면 그저 그랬지만, 잔머리 하나는 잘 굴리는 청년.

"얼마나 줘야 하지?"

이미 머릿속에서는 계산이 끝난 상태. 사운평은 즉시 액수를 말했다. 나름대로 상대의 입장도 생각해 주면서.

"은자 백 냥만 내시지요. 본래는 이백 냥을 받아야 합니다만, 반만 받겠습니다."

은자 백 냥이면 큰돈이다. 그래도 공가장에 아주 부담되는 액수는 아니었다.

"좋아. 가진 돈이 오십 냥밖에 없으니 일단 그 돈을 선불로 주지. 나머지는 아버님의 원수를 갚은 후에 주겠다."

공가선은 그 말로써 나중에 늘어날지도 모를 보수 증액을 미리 막았다.

그도 나름대로 세상사에 닳고 닳은 중년이었다.

사운평은 공가선의 마음을 눈치채고도 모른 척했다.

한 푼도 없어서 한동안 임풍에게 얹혀 지내야 할 형편인 그였다. 선불 오십 냥이면 어딘가.

"좋습니다. 그렇게 하죠. 그런데 아까 말씀하실 때, 섬뜩한 느낌이 드는 자가 연은장주와 동행했다고 하셨는데, 그자에 대해서 아는 것은 없습니까?"

공가선은 이마를 좁히고 기억을 더듬더니 느릿하게 고개를 저었다.

"유대곡이 그자에게 몇 마디 한 것을 듣긴 했는데, 적 대협이라고 부른 것 외에는 기억이 거의 나지 않는군."

순간적으로 사운평의 눈빛이 묘하게 번뜩였다.

"성이 '적' 씨란 말이죠?"

"그건 확실해."

"흠, 적씨 성에 느낌이 섬뜩한 자라……."

'혹시 그놈 아냐?'

* * *

염소수염의 초로인이 공손한 태도로 책을 내밀었다. 제법 두꺼운 책은 표지가 가죽으로 되어 있었는데, 무척 낡은 데다 색도 누렇게 바랜 상태였다.

"겨우 빼냈습니다, 대인. 소인은 그저 이 책이 대인께서 찾으시는 책이기만 바랄 뿐입니다."

장대한 체구에 백색 비단옷을 입은 사십 대 후반의 중년인이 담담히 웃으며 책을 받았다.

"수고했네. 책을 이곳으로 가져온 것에 대해서는 아무에게도 말하지 않았겠지?"

"물론입니다. 제가 어찌 대인의 당부를 허투루 생각하겠습니까? 몇 사람이 이 책의 존재를 알긴 해도, 제가 이것을 구하려고 했던 이유에 대해서는 전혀 알지 못합니다."

"잘했네. 아주 잘 처리했어. 대금은 며칠 후에 총관이 전할 것이니 그리 알고 가 보게."

"감사합니다. 그럼 이만 물러가겠습니다, 대인."

염소수염의 중년인이 기쁜 표정으로 방을 나가자, 백색 비단옷을 입은 중년인은 책을 펼쳐보았다.

십여 장을 넘겼을 즈음, 그의 입가에 미소가 걸렸다.

"후후후후, 역시 내 생각이 맞았어. 이것만 있으면 무종무록(武宗武錄)의 마지막 편을 해석할 수 있을 것 같군."

그때 방문 밖에서 누군가가 말했다.

"대공, 개양입니다."

백색 비단옷을 입은 중년인이 고개를 들고 대답했다.

"들어오너라."

곧 문이 열리고 사십 대 초반의 청색 무복을 입은 중년인이 방 안으로 들어왔다.

그는 백색 비단옷을 입은 중년인을 향해 공손히 허리를 숙였다.

"무슨 일이라도 있느냐?"

백색 비단옷의 중년인이 그에게 물었다.

청의 중년인이 고개를 들고 대답했다.

"선우명이 은명곡(隱名谷)을 손안에 넣었습니다, 대공."

"그래? 생각보다 빠르군. 삼년상을 치를 때까지는 기다려 줄 줄 알았는데 말이야."

"그의 섭정(攝政)에 반발하는 자들이 하나둘 생기니 불안감을 느꼈나 봅니다."

"어쨌든 그가 야욕을 드러냈다면 당분간 복잡한 상황이 전개되겠군."

"상황을 시시각각 전하라고 했으니 일단은 지켜보면서 대응하는 게 좋을 것 같습니다."

그 말에 대공이라 불린 백의 중년인이 냉소를 지었다.

"어쩌면 잘된 일일지도 모르지. 어차피 한 번 바람이 불 때가 되었는데 말이야."

청의 중년인은 그 모습을 보면서 잠시 숨을 고르고 마저 보고를 올렸다.

"그리고 신궁(神宮)에서 나온 자들 몇이 황하를 건넜다 합니다, 대공."

"신궁 사람들이 황하를 건너? 목적은?"

"지금 알아보고 있습니다. 숫자가 많지 않은 데다 드러내 놓고 행동하는 걸 보면 특별한 목적은 없는 것 같습니다만, 만에 하나 있을지 모를 일을 염려해서 시선을 떼지 말라 했습니다."

"잘했다. 아무리 사소하게 보여도 금지된 행동을 할 때는 그만한 이유가 있는 법. 우리가 모르는 목적이 있을 거다."

"속하 역시 그 점을 염두에 두고 있습니다."

대공은 고개를 주억거리고는 문득 생각난 것처럼 물었다.

"얼마 전에 호정이가 묘한 일에 휘말렸다고 했지? 그 일은 마무리 되었느냐?"

"겉으로는 마무리가 된 것처럼 보이는데, 실상은 조금 다릅니다."

"다르다? 뭐가 말이냐?"

"주 공자께서 좋아하는 소녀가 다른 사람을 마음에 두고 있는 모양입니다. 그 바람에 주 공자께서 무척 상심했다고 합니다."

"쯔쯔쯔, 천하를 향해 포효해야 할 놈이 여자아이 하나 때문에 흔들리다니."

"현명한 분이시니 곧 정신을 차리시겠지요."

백색 비단옷을 입은 중년인은 못마땅한 듯 눈살을 찌푸리고는 손에 든 책을 내밀었다.

"온 김에 네가 이 책을 건아에게 갖다 줘라. 갖다 주면 그 애가 알아서 할 거다."

"예, 주군."

"그리고 흔적을 깨끗이 지우도록 해라. 비밀은 아는 사람이 적을수록 좋은 법이니까."

슬쩍 고개를 든 청의 중년인이 무색의 눈빛으로 대답했다.

"알겠사옵니다."

*　　*　　*

"연연, 정말 내 마음을 받아 줄 수 없단 말이냐?"

"죄송해요, 주 공자. 저는 이미 다른 사람의 여자나 마찬가지예요. 그만 잊어 주세요."

"내가 어떻게 너를 잊는단 말이냐? 그렇게는 못 한다. 네 마음이 바뀔 때까지 기다릴 거다. 그게 언제가 됐든."

하늘을 보던 주호정은 오늘 낮의 대화를 떠올리고 이를 지그시 악물었다.

'그런데 시간이 많지 않다, 연연. 아무래도 너를 얻으려면 네 마음속에 있는 사람부터 지워야 할 것 같구나. 네 마음속에 있는 사람은 역시 그자겠지?'

이연연은 행여나 이청산이 실망하고 화를 낼까 봐 말을 하지 않았다.

하지만 그는 이연연의 마음속에 자리 잡은 자가 누군지 짐작할 수 있었다.

어쩌면 그래서 더 가슴이 아픈지도 몰랐다.

상대는 별 볼 일 없는 자가 아닌가. 뒷골목의 청부업자.

물론 그의 무공이 일개 청부업자로 치부하기에는 지나치게 강했지만 자신과 비교할 수 있는 자는 아니었다.

겨우 그런 자 때문에 자신을 거부하다니!

가슴이 아픈 한편으로는 자존심도 상했다.

절대자가 되어야 할 자신이 그런 하찮은 자에게 밀리다니, 이게 무슨 꼴이란 말인가?

'나중에 사실을 알게 되어도 나를 원망하지 마라, 연연. 네가 나를 독하게 만든 거니까.'

눈빛이 차갑게 가라앉은 그가 고개를 오른쪽으로 돌렸다. 그의 오른쪽 두어 걸음 뒤에는 삼십 대 장한이 조용히 서 있었다.

"양천."

"예, 소성주."

"그대가 해 주어야 할 일이 있다."

"하명하시지요."

"조원들을 데리고 가서 사운평이라는 자를 찾아라. 그리고 아무도 없는 곳에서 없애고, 귀신도 찾을 수 없도록 깊숙이 묻어라."

장한의 눈빛이 차갑게 번뜩였다.

호천검위 이 조 조장 양천. 그는 주호정이 소년이었던 십여 년 전부터 주호정의 그림자가 되어 살아왔다. 남들은 모르지만, 그에게는 단순 호위 외에 또 다른 임무가 주어져 있었다.

주호정의 행복을 방해하는 자들을 제거하는 것.

오래전부터 주호정의 마음을 알고 있는 그에게 사운평을 죽이라는 명령은 명령이라고 할 것도 없었다. 자신이 당연히 해야 할 일이니까.

"명에 따르겠습니다, 소성주."

*　　*　　*

공가장을 나온 사운평과 임풍은 임풍의 집으로 향했다. 상선로를 앞에 두었을 때 사운평이 말했다.

"임풍, 잠깐 다녀올 곳이 있으니까 혼자 들어가."

걸음을 멈춘 임풍이 고개를 돌렸다.

"어딜 가려고? 설마 지금 연은장에 가려는 건 아니겠지?"

"그 전에 알아볼 것이 좀 있어. 아, 사문통(四刎通)이라는 곳으로 가려면 어디로 가야 하는지나 좀 알려줘."

사문통이라는 말에 임풍이 이마를 찌푸렸다.

"알려 주는 건 어렵지 않은데, 그곳은 왜?"

"예전에 들은 것이 있어서, 한번 찾아가 보려고."

"사문통은 별의별 인간들이 다 사는 곳이야. 꼭 가야 하나?"

"그런 곳이 나 같은 청부업자들에게는 꼭 필요한 것을 구할 수 있는 장소지."

임풍은 할 수 없다는 듯 사문통의 위치를 알려 주었다.

"저쪽 길로 나가서 오른쪽으로 꺾어지면 추향루라는 커다란 기루가 보일 거네. 거기서 기루의 담장을 따라 왼쪽 골목으로 깊숙이 들어가면……."

추향루는 무척 커서 오십여 장 떨어진 곳에서도 알아볼 수 있었다.

사운평은 임풍이 알려준 대로 담장을 따라 왼쪽으로 꺾어졌다.

하지만 그는 걸음을 옮기지 못하고 멈춰 섰다.

골목길이 마차로 막혀 있었다. 좁은 길을 억지로 통과하려다가 담장 사이에 꽉 낀 듯했다.

"어떤 멍청한 작자가 이런 좁은 길로 마차를 몬 거지?"

사운평이 짜증을 내며 중얼거리는데 마차 위로 누군가가 머리를 쑥 내밀었다. 머리의 주인은 사운평을 발견하고는 잘 됐다는 듯 소리쳤다.

"어? 이봐요! 마차 좀 밀어 줘요!"

앙칼진 목소리.

마차 위로 머리를 내민 사람은 여자였다.

발랄한 인상, 뺨에 주근깨가 몇 개 있긴 해도 그 단점이 가려질 정도로 이목구비가 뚜렷한 여자.

그런데 자신에게 한 소린가?

사운평은 의아하게 생각하며 뒤를 돌아다보았다.

곧 조금 전의 앙칼진 목소리가 다시 들렸다.

"멍청하긴! 당신한테 한 말이잖아요!"

사운평은 이마를 찌푸리고 마차를 바라보았다. 그때까지도 여자의 머리가 마차 위로 올라와 있었다.

'얼굴은 예쁜데 말투는 영 아니군. 연연이라면 공손하게 부탁했을 텐데.'

그렇다고 해서 여자와 싸울 수는 없었다. 그는 여자와 싸우지 않기로 했으니까.

이수수처럼 나쁜 여자만 아니라면.

"내가 왜 마차를 밀어야 하지?"

"여자가 어려움에 처해 있으면 도와줄 수도 있잖아요? 남자가 왜 그리 쪼잔해요?"

"일을 시키려면 대가를 줘야지. 너는 뭘 줄 거지?"

"꼭 뭘 받아야만 도와줄 수 있어요? 무슨 욕심이 그리 많아요?"

"나는 직업이 청부업자야. 어려운 일을 전문으로 해결해 주는 해결사지. 대가를 받지 않고는 움직이지 않아. 한 번 공짜로 해 주면 두 번 해 주게 되고, 계속 그러다가는 굶어 죽기 딱 좋거든."

"돈은 먹고 죽으려고 해도 없어요. 대신 술을 한 병 줄게요. 어때요?"

마차를 한 번 밀어 주는 대가로 술 한 병이라면 나쁜 거래는 아니다.

"좋아. 밀어 줄 테니까 너는 말을 몰아."

그가 허락하자 여자의 머리가 마차 밑으로 내려갔다. 그리고 곧 말을 모는 소리가 들렸다.

"이랴! 힘 좀 써 봐라! 이 비루먹은 망아지야, 너도 누구처럼 뭘 줘야 힘을 쓸 거야?"

꼭 자신에게 하는 소리 같다.

사운평은 피식 웃고는 마차를 밀었다.

공력을 많이 쓰진 않았지만, 강호 고수가 밀고 있었다. 마차 바퀴가 꽉 끼어 있던 담장의 돌을 긁으면서 앞으로 빠져나갔다.

쿠르르르.

마차가 갑자기 앞으로 달려 나가자, 뒤에서 밀던 사운평이 허공을 짚으며 앞으로 꼬꾸라졌다.

하지만 강호의 고수답게(?) 재빨리 땅을 짚고 한 바퀴 돌면서 중심을 잡고 섰다.

'휴, 하마터면 창피당할 뻔…….'

그가 내심 안도하고 있는데 마차가 멈추지 않고 계속 달리는 것이 아닌가.

"어? 이봐! 그냥 갈 거야? 약속한 것은 줘야지!"

버럭 소리친 그는 마차를 쫓아갔다.

그제야 마차 앞쪽에서 앙칼진 여자의 목소리가 들렸다.

"골목을 나간 다음에 주면 되잖아요! 누가 술 한 병 떼어먹을까 봐 그래요?"

마차는 골목을 빠져나간 후 멈춰 섰다.

내내 뒤를 따라가던 사운평은 마차의 앞쪽으로 돌아갔다.

여자는 마부석에 앉아 있었다.

채찍을 든 채 긴 머리를 휘날리면서.

뒤에서 대충 얼굴만 봤던 모습과는 또 달랐다.

'얼굴만 예쁜 줄 알았더니 몸매도 끝내주는군.'

그뿐이 아니다. 거침없는 모습은 마치 야생마 같았다.

"여기 있어요."

여자가 마차 안으로 손을 뻗어서 술이 담긴 투박한 병을 꺼내 주었다.

술병을 받아 든 사운평은 슬쩍 냄새를 맡아보았다.

예상외로 좋은 냄새가 났다.

"호오, 향이 괜찮은데?"

"흥! 향만 괜찮은 줄 알아요? 우리 할아버지가 담근 술은 예약하지 않으면 돈 주고도 못 사요. 운 좋은 줄 아세요. 오 씨 아저씨 주려고 담아 놓지 않았으면 어림도 없었다구요."

여자는 아직 스물이 안 되어 보였다.

그런데 마차 안에 술이 많이 실려 있는 것과 하는 말을 들어 보니 술을 배달하는 듯했다.

"술을 어디로 배달하는 거지? 이 안으로 가면 사문통인데."

"어디긴 어디예요? 사문통에 있는 주루죠."

"그래? 그럼 사문통을 잘 알겠네?"

"당연히 잘 알죠. 술 배달한 지 이 년이나 되었다구요."

"만박통사(萬博通士)라는 사람도 알아?"

"만구점(萬具店) 아저씨요? 알죠. 그런데 왜 처음 보는 사이에 꼬박꼬박 반말이죠?"

여자가 반말에 기분이 상한 듯 눈을 치켜뜨며 반발했다.

하지만 삼구통에서 수많은 기녀들을 상대한 사운평은 그 말에 꿈쩍도 하지 않았다.

"보자마자 멍청하다고 하는 여자에게 존댓말 하긴 그렇잖아? 그쪽이 자초한 일이니까, 듣기 싫으면 상대하지 않아도 돼."

"칫."

여자는 혀 차는 소리를 내고는 깜박 잊었다는 듯 눈을 살짝 치켜뜨고 물었다.

"그런데 왜 만구점 아저씨에 대해서 물어본 거죠?"

"그 사람을 만나러 가는 길이거든."

"처음 가는 길이면 찾기 힘들 텐데. 만구점은 복잡한 골목길 안쪽에 있거든요."

"잘 알면 안내 좀 해 줄래?"

"저도 공짜로는 못 해 줘요."

"마차를 밀어 주었잖아."

"그 일에 대해선 이미 대가를 치렀잖아요."

그건 그렇다.

'성격과 달리 계산이 제법 철저하군.'

사운평은 그렇게 생각하며 조건을 물어보았다.

"그럼 뭘 바라는데?"

"술 내릴 때 도와줘요. 그럼 알려 드릴게요."

마차는 작았다. 안에 술이 들어 있어 봐야 몇 동이나 들어 있을까. 잘해야 열 동이? 그 정도야 일도 아니다.

"좋아. 도와주지."

여자의 이름은 초혜였다.

"초혜 왔구나. 어서 와라."

"초혜야, 다음부터는 두 동이씩 더 가져와."

"우리 초혜는 갈수록 이뻐진단 말이야."

사문통의 주루와 기루에 술을 내려놓을 때마다 주인들이 한마디씩 했다.

초혜는 사운평을 대할 때와 달리 싱긋 웃어 주었다. 그러고는 철저하게 사운평을 부렸다.

"이 집에는 술 두 동이만 내려줘요."

"저쪽 집에는 세 동이. 그리고……."

사운평은 열심히 술동이를 날랐다.

술은 정확히 스물네 동이였다. 흔들리면 술동이가 깨질까 봐 사이사이에 짚을 끼운 상태로 마차 안에 빈틈없이 채워져 있었다.

'제길, 뭐가 이리 많아?'

술동이를 나를 때마다 괜히 안내해 달라고 했다는 후회감이 밀려들었다. 하지만 후회했을 때는 이미 배달이 거의 다 끝나가고 있었다.

여섯 군데를 거치고 남은 곳은 이제 한 곳. 술동이는 네 동이가 남았다.

"자, 여기가 마지막이에요. 저 안에 넣어 놓으면 돼요."

초혜가 손가락으로 창고를 가리켰다.

사운평은 불만이 많았지만, 청부업자는 마무리가 깨끗해야 하는 법.

그는 마지막까지 확실하게 일을 마무리 지었다. 그리고 마지막 술동이를 옮겨 놓은 후에야 눈을 부라리며 물었다.

"이제 네 차례야. 만구점을 안내해 줘."

초혜는 눈썹 하나 끄떡하지 않고 빙긋 웃으며 위를 올려다보았다.

왠지 음흉하게 느껴지는 웃음.

싸한 느낌이 든 사운평은 초혜의 눈길을 따라서 슬쩍 고개를 쳐들었다.

그제야 깃발 하나가 보였다.

[만구점(萬具店)]

자신이 마지막으로 배달을 한 곳. 깃발은 그 옆집의 지붕 위에서 펄럭이고 있었다.

"됐죠?"

초혜가 약속을 지킨 이상 사운평으로선 할 말이 없었다.

입을 반쯤 벌리고 깃발만 쳐다볼 뿐.

"저는 그만 가 볼게요. 술 맛있게 드세요."

초혜는 해맑은 웃음을 지으며 한마디 던지고는 말 머리를 잡아 돌렸다.

사운평은 진한 패배감을 느끼며 고개를 설레설레 저었다.

'정말 무서운 여자군. 연연이하고는 완전 딴판이야.'

그때였다. 초혜가 고개를 돌리고 물었다.

"아참! 청부업자라고 했죠? 이름이 뭐죠?"

"사운평."

사운평이 엉겁결에 대답했다.

뒤늦게 아차! 했지만 이미 입 밖으로 내뱉은 후였다.

—사운평이라는 멍청한 청부업자가 걸려서 일 좀 시켰지. 호호호.

그렇게 말하며 비웃을지도 모르는데.

"낙양에 살아요? 어디 살죠?"

사는 곳을 알려 주는 것은 괜찮겠지? 어차피 자신은 곧 떠날 거니까.

나름대로 머리를 굴린 사운평은 순순히 대답해 주었다.

"상선로."

"나중에 필요하면 일을 맡길게요. 술 배달을 하다 보면 귀찮은 일이 많이 생기거든요."

"술 한 병으로 일을 시킬 생각이라면 꿈도 꾸지 마. 나, 비싼 사람이거든."

"내가 누구처럼 쪼잔한 줄 알아요? 걱정 말아요. 대가는 정확하게 쳐 줄 거니까요."

초혜는 마지막을 확실하게 매듭짓고는 마차를 몰며 떠나갔다.

결국, 쪼잔한 사람이 된 사운평은 눈을 두어 번 껌벅인 후 만구점을 향해 돌아섰다.

'정주보다 낙양 여자들의 기가 더 센 것 같군.'

그때 만구점의 입구에 서 있는 자가 보였다.

마지막 술동이를 나를 때 나온 자였는데 그때까지도 서 있었다.

나이는 대략 마흔 살쯤? 마른 몸에 얼굴도 삐죽했고, 그 얼굴의 턱에는 무려 한 자나 되는 기다란 염소수염이 매달려서 흔들리고 있었다.

그자의 앞에 멈춰 선 사운평이 물었다.

"만구점의 주인이쇼?"

"케헴. 그렇다네. 한데 무사님은 초혜의 일꾼이 아니었는가?"

"길 안내를 받는 대가로 술을 좀 날라주었을 뿐입니다."

"그 깜찍한 초혜에게 당했군."

만구점의 주인, 만박통사는 그 말을 하면서 묘한 웃음을 지었다.

'너 같은 놈 많이 봤지.' 꼭 그런 표정이었다.

"당한 게 아니라 거래를 한 것이오. 이것도 대가 중 하나니까."

곧 죽어도 당했다는 걸 인정하기 싫은 사운평은 그 증거라도 되는 듯 술병을 들어서 술을 한 모금 마셨다.

순간, 술이 얼마나 독한지 목구멍에 불이 붙는 듯했다.

"콜록, 콜록!"

만박통사는 그 모습을 보고 입술 끝을 말아 올리면서 돌아섰다.

"나를 찾아온 것 같은데, 할 말 있으면 들어오시게."

얼굴이 벌게진 채 두어 번 더 기침을 한 사운평은 초혜를 원망하며 그의 뒤를 따라갔다.

'더럽게 독하네. 이렇게 독하면 독하다고 알려 줘야지 말이야. 망할 여우.'

第七章

만박통사(萬博通士)

만구점의 내부는 마치 고풍스런 골동품상 같았다.

깨끗하게 정리된 물건들은 수백 년 이상 된 골동품부터 최근의 신품까지 다양했다.

도열하듯이 서 있는 물건 사이를 통과한 만박통사는 사운평을 작은 방으로 안내했다.

"마음에 드는 물건이라도 있나? 있으면 고르게. 내가 싸게 줄 테니까."

"물건을 사러 온 것이 아닙니다."

"그래?"

만박통사의 얼굴에 아쉬운 표정이 떠올랐다 사라졌다.

그가 방까지 안내하고 인심 쓰듯이 그 말을 하면 사람들 대부분은 진열된 물건 중 한두 개는 사는 것이 보통이다. 진짜로 싸게 주는 줄 알고.

그 점 때문에 진열된 물건 사이로 손님들을 안내하는 것이고, 방을 안쪽에 만든 것이었다.

다 나름대로의 계산이 있는 설계인 것이다.

그런데 사운평이 생각할 것도 없다는 듯 자신의 선심 아닌 선심을 거절하자 만박통사의 표정도 살짝 차가워졌다.

"그럼 무슨 일로 온 건가?"

"연은장에 대해서 알아보려고 왔죠."

"연은장?"

"그렇습니다. 장주와 장원의 구조, 그곳에 사는 무사들 중에서 주의해야 할 자 등 연은장과 관련된 것이면 뭐든 좋습니다."

"저런. 잘못 찾아왔군. 여기는 물건을 파는 곳이지 정보를 파는 곳이 아니네."

만박통사가 고개와 손을 함께 저으며 말했다.

그러나 사운평은 당연히 그럴 줄 알았다는 듯 옛날이야기를 하나 꺼냈다.

"십일 년 전인가? 아니지, 정확히 말하면 십이 년 전이군. 좌우간 그때도 만박통사가 어떤 사람에게 그렇게 말을 했다고 하더군요. 그 바람에 이마가 한 치쯤 찢어졌다죠, 아마?"

만박통사가 움찔하더니, 무의식중에 손을 올려서 이마의 상흔을 쓰다듬었다.

정말 그런 일이 있었다. 상대의 성격이 어찌나 급하던지, 그가 사실을 말을 하기도 전에 한쪽에 있던 등잔대를 들어서 휘둘렀다. 거짓말하면 머리를 부숴 버린다면서.

이마의 상처는 그때 났다.

그런데 이놈이 어떻게 그 일을 아는 거지?

만박통사 이문은 슬쩍 사운평을 바라보고 머리를 굴렸다.

어차피 알고 왔다면 피할 수 없는 일. 그는 사실대로 말했다.

"물론 가끔은 정보도 팔긴 하지. 지금은 거의 손을 뗐지만."

"그래도 연은장에 대해 알아내는 일쯤은 어렵지 않을 겁니다."

"뭐, 그건 그렇지. 그럼 일단 은자 스무 냥을 내게. 선불을 받아야 나도 알아볼 의욕이 날 것 아닌가?"

이문은 먼저 대가부터 요구했다.

사운평은 돈을 쉽게 내줄 마음이 없었다. 초혜에게 당한 것만으로도 충분했다.

"열 냥이면 될 것 같습니다만."

"연은장이 어떤 곳인 줄 아나? 열 냥이면 너무 싸."

"열두 냥. 더는 줄 수 없습니다."

"열일곱 냥. 잘못하면 나까지 화를 입게 된다네."

"열네 냥. 그 돈을 주면 당장 내일부터 나는 굶어야 합니다."

"좋아, 열다섯 냥. 내 평생 이렇게 싸게 정보를 팔기는 처음이군."

"열네 냥. 나는 이런 흥정에 능하지 않습니다. 거절하면 다른 사람을 찾아보는 수밖에요."

사운평이 고집을 피우며 품속에서 돈을 꺼내 탁자 위에 올려놓았다.

현찰을 본 이문의 표정이 달라졌다.

돈이 눈앞에 있는 것과 말로만 흥정하는 것은 큰 차이가 있다. 아무리 흥정의 고수라 해도 돈이 눈앞에 있으면 단단하던 마음에 금이 간다.

저 돈이라도 챙겨? 하는 욕심이 봄비 맞은 고사리처럼 쑥쑥 자라는 것이다.

만박통사 이문도 다르지 않았다.

더구나 한 냥 차이 아닌가? 거부하면 정말로 다른 사람을 찾아갈 놈 같기도 하고.

"정말 질긴 친구군. 좋아, 내가 졌네. 그 금액은 본전도 안 되지만 어쩔 수 없지."

이문은 한 손으로 염소수염을 쓰다듬으면서 남은 손으로 돈을 움켜쥐었다. 그러고는 자리에서 일어나 옆방으로 가더니 책 한 권을 들고 왔다.

"무척 귀한 책이지. 이걸 보면 대략적인 것을 알 수 있을 거네. 먼저 이것을 읽고 더 자세한 것을 알고 싶으면 말하게. 싸게 알려줄 테니까. 허허허허."

책을 받아 든 사운평은 겉장을 들추면서 자신이 원하는 것에 대해 물어보았다.

"혹시 적씨 성을 가진 무사에 대해서 알고 있습니까?"

"적씨?"

"나이는 사십 대 초반인데, 유대곡의 호위 무사죠. 나는 그가 흑오객 적등산이 아닌가 생각하고 있는데……."

이문의 눈매가 가늘어졌다.

"제법 많은 것을 아는군. 적등산이 이름을 숨기고 있어서 그의 정체를 아는 자가 많지 않은데 말이야."

역시 그 '적씨'가 적등산인가 보다.

"그에 대해서도 여기에 적혀 있습니까?"

"흑오객에 대한 것은 거기에 적혀 있지 않네. 매우 비싼 정보여서 따로 취급하지."

"석 냥이면 되겠습니까?"

"나는 장난을 좋아하지 않네. 열 냥만 더 내게. 본래는 그 이상을 받아야 하는데, 자넨 특별히 봐주지."

"다섯 냥. 더 이상 흥정은 하지 않겠습니다."

"글쎄……."

안 된다고 하려던 이문이 입을 닫았다.

사운평이 책에서 눈을 떼고 그를 빤히 쳐다보고 있었다. 그런데 그 눈빛이 어찌나 차가운지 자신의 눈동자가 얼어붙는 듯했다.

"나는 그를 죽일 겁니다. 그 일에 방해되는 자들 역시. 그리고 그에 대한 걸 알아내기 위해서라면…… 무슨 짓이라도 할 수 있습니다."

사운평이 고저 없는 목소리로 나직이 말하고는, 손을 들어서 다섯 손가락을 쫙 폈다.

닷 냥. 더는 못 줘! 그런 뜻.

이문이 침을 꿀꺽 삼키고 고개를 끄덕였다.

"에…… 다섯 냥 정도면 본전은 될 것 같군."

적등산이 연은장에 들어간 것은 육 개월 전. 하지만 그는 외부 활동을 거의 하지 않아서 그에 대해 아는 사람이 거의 없었다.

그런데도 이문은 적등산에 대해 매우 자세하게 알고 있었다.

심지어 그가 수염을 깎고 머리 형태를 바꿔서 언뜻 봐서는 다른 사람처럼 보인다는 것도 알았다.

사운평은 만박통사 이문의 정보 수집 능력에 감탄하면서, 적등산의 이름이 나올 때마다 차가운 불길이 이는 눈으로 허공을 노려보았다.

'네놈이 지옥으로 갈 날도 얼마 남지 않았다, 적등산.'

* * *

임풍의 집으로 돌아간 사운평은 또 달라진 집 안 광경에 눈을 껌벅였다.

영소가 추슬러 놓았던 기물들이 이번에는 완전히 부서져 있었다.

임풍과 영소가 대충 치우긴 했는데, 부서진 물건들이 한쪽에 쓰레기 더미처럼 수북이 쌓여 있었다.

"이게 어찌 된 일이지?"

"우리가 공가장에 간 동안 몇 사람이 찾아와서 부순 모양이네."

임풍이 씁쓸한 표정으로 말했다.

그런데 물건만 부순 것이 아니었다. 영소의 얼굴에 상처가 나 있었다. 멍이 든 곳도 있고.

"어떤 놈들이……?"

"공 어르신께 은혜를 입은 사람들 같네. 그분이 나 때문에 돌아가셨다 생각하고 따지려 찾아왔다가 홧김에 부순 모양이야. 영소가 말리다가 두어 대 맞았다는군."

"이거 완전히 다 부서졌는데, 잡아서 배상을 받아야 하지 않아?"

어찌 보면 당연한 말인데도 임풍은 씁쓸한 표정으로 고개를 저었다.

"다 없는 사람들이야. 받으려 해도 가진 것이 없을 거야."

"그럼 이제 어떻게 할 거지?"

"후우, 일단 치워 놓고 생각해 봐야지."

사운평까지 나서서 세 사람이 집 안 정리를 마쳤을 때는 이미 밖이 어두워져 있었다.

그들의 노력 덕에 집 안은 깨끗해졌다. 그런데 너무 깨끗해져서 문제였다.

기물은 다 부서져서 온전한 것이 남아 있지 않았다. 약재도 쳐들어온 자들이 가져갔는지 찌꺼기만 남아 있었다.

의원인 임풍의 입장에서는 환자를 받을 수도 없는 상태. 당장 먹고 살 길이 막막할 지경이었다.

툭.

사운평이 은자 열 냥을 반쯤 부서진 걸 고쳐놓은 탁자 위에 던졌다.

"일단 이걸로 당분간 생활해."

은자 열 냥은 결코 작은 돈이 아니다. 네 식구가 아껴 쓰면 석 달은 먹고살 수 있는 거금이다.

임풍은 은자를 물끄러미 바라보더니, 뭔가를 결심한 듯 눈을 들어 사운평을 바라보았다.

“자네가 하는 청부업이라는 거, 어려운가?”

“일에 따라 다르지. 어려울 수도 있고, 쉬울 수도 있고. 갑자기 그건 왜 물어?”

“이번 일을 겪고 나니까 의원을 하기가 싫어졌어. 자네 돈을 공짜로 받기도 싫고. 내 의술과 무공으로 청부업이란 걸 할 수 있다면 그쪽 일을 해 보고 싶군.”

“잘 생각해. 여차하면 사람을 죽여야 할 때도 있는 게 청부업이야.”

“죽여야 한다면 죽여야지. 아무 죄도 없는 사람이라면 생각을 해봐야겠지만.”

“상대가 반항하지 않아도?”

“죄를 지은 자라면 죽일 수 있네.”

임풍이 단호한 표정으로 대답했다. 그의 또 다른 모습이었다.

사운평은 묘한 기분이 들었다.

살수로 키워진 자신은 반항하지 않는 자를 죽일 자신이 없는데, 의원이었던 임풍은 죽일 수 있다고 한다.

왠지 서로의 위치가 뒤바뀐 것 같았다.

한편으로는, 자신의 약점을 임풍이 보완할 수 있다면 그것도 괜찮을 것 같다는 생각이 들었다.

“정말 청부업을 해 볼 건가?”

“해 보지, 뭐. 혹시 알아? 내가 그런 쪽에 자질이 있을지.”

사운평은 임풍에게 자질이 있을 거라 생각했다.

공가장에서 시신을 살필 때의 그는 영락없이 노련한 청부업자의 모습이었다.

그때의 모습을 떠올린 사운평은 더 이상 망설이지 않았다.

"좋아! 정말 하겠다면 나도 더 이상 말리지 않겠네. 우리가 손을 잡으면 정말 괜찮은 짝이 될 거야, 친구."

"나도 그렇게 생각하네, 친구."

두 사람은 서로를 보며 빙그레 웃었다.

훗날 강호를 한바탕 뒤집어 놓을 청부 단체는 그렇게 단출하게 시작되었다.

*　　　*　　　*

임풍의 첫 번째 임무는 연은장의 동태를 살피는 일이었다. 사운평보다는 지리도 잘 알고, 남들의 의심도 덜 수 있어서 그를 보낸 것이다.

그런데 나간 지 이각도 안 되어서 놀라운 소식을 가지고 집으로 돌아왔다.

"운평, 연은장주 유대곡이 죽었다고 하네."

"뭐?"

"마차를 타고 어딜 다녀오던 길이었는지, 낙양성 남쪽 오십 리 떨어진 곳에서 시신을 발견했다고 하네."

"혼자 밖에 나갔다가 당한 건 아니겠지?"

"호위 무사 네 명을 데려갔는데, 그들도 모두 죽었다는군."

"누가 그들을 죽였는지 알려진 것 있어?"

"아직 범인에 대해서는 정확히 알려진 것이 없네. 다만 그가 거래 때문에 나갔다는 걸로 봐서, 그가 지닌 돈이나 물건을 노린 자들이 아닌가 싶네."

아마 많은 사람들이 그렇게 생각하겠지.

유대곡은 낙양에서도 알아주는 대상이 아닌가. 그가 지닌 물품이나 돈이라면 욕심내는 자들이 많을 것이다.

하지만 사운평은 생각이 달랐다.

왠지 모르게 수상한 냄새가 났다.

장주가 직접 거래를 한다면서 호위 무사를 겨우 네 명만 데려가다니.

그 일만 따지면 상리(常理)에 맞지 않았다. 하지만 그 네 명이 고수라면 이야기가 달라진다.

'은밀하게 고수 네 명만 대동했다면 비밀 거래를 하기 위해 갔다는 뜻인데…….'

그때 문득 공가장의 사건이 떠올랐다.

'혹시 그 책 때문에?'

의심해 볼 만한 이유는 충분했다. 난문도해가 사라진 지 하루 만에 유대곡이 죽었지 않은가 말이다.

하지만 사운평은 책보다도 적등산의 행방이 더 마음에 걸렸다.

호위 무사 넷이 죽었다고 했다. 그중에 적등산이 끼어 있을지도 모르고, 그가 이번 일과 관련되어서 사라졌을 수도 있었다.

"임풍, 지금 문상객을 받고 있나?"

"아직은 아닌가 보네. 그들도 정신이 없어서 오시(午時)는 넘어야 문상객을 받을 수 있을 거야."

밤이 되면 숨어들어 가서 찾아볼 수 있을 것이다. 그러나 사운평은 밤이 될 때까지 기다릴 마음의 여유가 없었다.

"좀 더 일찍 연은장 안으로 들어갈 수 있는 방법이 없을까?"

미간을 좁히고 잠시 생각하던 임풍이 대답했다.

"저들도 아직 범인을 모르고 있으니, 시신의 상흔에서 뭔가를 알아낼 수 있을지 모른다고 하면 들여보내 줄지도 모르네. 때로는 죽은 자가 산 자보다 더 정확한 것을 말해 줄 때가 있거든."

멋진 생각이다.

사운평은 눈빛을 반짝이며 고개를 끄덕였다.

"그렇군. 자넨 의원이니까 가능하겠어."

"저들이 허락해 주지 않을 수도 있어."

"일단 가 보자고. 문은 두드리는 사람에게 열리는 법이지."

사운평은 임풍에게 의원 옷을 얻어 입고서 마치 의원인 것처럼 꾸미고 연은장으로 갔다.

연은장의 분위기는 장주의 죽음으로 인해서 산이 하나 통째로 머리 위에 놓인 듯 무겁게 가라앉아 있었다.

사운평과 임풍이 들어가자 마당을 지나가던 사십 대 중년인 하나가 앞을 막았다. 복장이 번듯한 걸 보아하니 허드렛일을 하는 하인은 아니고, 연은장이 운영하는 상단의 중간 관리자쯤 될 듯했다.

"무슨 일로 오셨소?"

"상선로의 의원인 임풍입니다. 평소 대인을 흠모했는데 갑작스럽게 돌아가셨다는 말을 듣고 도울 일이 없을까 해서 왔습니다."

"병이 든 것도 아니고 돌아가셨는데 의원이 뭘 돕겠다는 거요?"

"하다못해 사인이라도 제대로 밝혀져야 혼령이 아쉬움 없이 이승을 떠날 수 있지 않겠습니까?"

"장주님께선 비적들에게 당했소. 더 이상 무슨 사인을 밝힌단 말이오?"

"그럼 범인에 대해서도 밝혀졌습니까?"

"그건 아니오만……."

장한이 머뭇거리자, 임풍이 때를 놓치지 않고 몰아붙였다.

"시신은 가끔 많은 말을 합니다. 대인이나 무사들의 시신을 살펴본다면 범인에 대한 단서를 찾을 수 있을지도 모릅니다. 저희 의원들이 도와 드릴 수 있는 것이라고는 고작 그런 것뿐입니다만, 한이 맺혀서 이승을 떠나지 못하는 혼령에게는 많은 도움이 될 것입니다."

"흐으음."

중년인은 턱의 수염을 쓰다듬더니 미미하게 고개를 주억거렸다.

"그것도 나쁘지 않은 생각이군. 그런데 정말 시신을 보고 범인에 대한 단서를 찾아낼 수 있겠소?"

"전에도 몇 번 포청을 도와서 이런 일을 한 적이 있습니다. 반드시 찾아낼 수 있다고 자신할 수는 없습니다만 시도해 본다 해서 나쁠 일은 없지 않겠습니까?"

청산유수였다. 넉살도 좋고, 표정 관리도 훌륭하고.

사운평은 무척 흡족했다. 처음 만났을 때부터 느꼈던 바지만, 임풍의 사람 대하는 재주는 자신보다 한 수 위였다.

결국, 중년인도 임풍의 언변에 넘어갔다.

"으음, 알았소. 그럼 나를 따라오시오. 내 소장주께 말씀드려 보리다."

연은장의 소장주인 유관양은 서른여섯 살로 유대곡에 가려져 거의 알려진 것이 없는 사람이었다.

그러나 연은장 사람들은 유대곡보다 유관양을 더 어려워했다.

그는 유약하게 보이는 겉모습과 달리 냉철하고 엄한 성격인 데다가 고집도 무척 세서 유대곡도 말리려면 진땀을 빼야 했다.

그만큼 상대하기가 까다로운 유관양도 임풍의 말을 전해 듣고는 귀가 솔깃했다.

아직 선친을 살해한 범인에 대해서 아무런 실마리도 잡지 못한 상태. 범인을 찾아낼 수만 있다면 벙어리라도 족쳐서 말을 듣고 싶은 터였다.

당장 임풍을 불러들인 그가 조급함이 역력한 목소리로 물었다.

"정말 시신에 난 상처에서 단서를 찾아낼 수 있겠는가?"

"장담할 수는 없습니다만, 최소한 왜, 어떻게 죽었는지는 알아낼 수 있을 것입니다."

임풍이 확고한 표정으로 대답하고 고개를 쳐들었다.

이미 마음이 동한 유관양은 더 이상 이러쿵저러쿵 묻지 않았다. 냉철하고 신중한 그도 오늘만큼은 여유를 부릴 수가 없었다. 시간이 없는 것이다.

"그래? 좋아, 허락하겠네. 하지만 많은 시간을 줄 순 없네. 문상객 중에 아버님을 보려고 오시는 분이 많을 것인즉 먼저 아버님의 시신에 대한 조사부터 끝내 주게나."

"알겠습니다, 소장주."

*　　　*　　　*

시신은 임시로 제당 한쪽에 안치되어 있었다.

장주의 시신은 비싼 오동나무 관에 들어 있었고, 호위 무사들의 시신은 싸구려 관에 들어 있었다.

부패를 방지하기 위해 석회가 뿌려져 있었지만, 얼굴을 알아보는 것은 어렵지 않았다. 그런데 호위 무사의 시신 중 적등산은 없었다.

임풍이 시신을 살펴보는 동안 사운평은 조사에 필요한 물건을 구한다는 핑계를 대고 장원 이곳저곳을 돌아다녔다.

무거운 분위기만큼이나 장원 내 사람들의 표정도 굳어 있었다. 상단의 보표(保鏢)들 역시 침중한 표정이었고, 대화를 나누어도 속삭이듯이 목소리를 낮췄다.

사운평은 대화를 나누는 보표 둘을 향해 다가갔다.

"저는 이번에 돌아가신 분들의 시신을 살펴보기 위해 온 의원입니다. 숯을 구해야 하는데, 어디로 가야 하는지 아십니까?"

보표 중 하나가 손을 들어서 오른쪽을 가리켰다.

"저쪽으로 가면 주방이 있네. 그리 가 보게."

"감사합니다."

사운평은 허리를 굽실거리며 돌아섰다. 그러다 뭔가를 잊었다는 듯 다시 몸을 반쯤 돌리고 물어보았다.

"이번 조사 때문에 그러는데, 한 가지 물어봐도 되겠습니까?"

"그러게나."

"저, 다름이 아니라, 돌아가신 장주님 호위 중에 적씨 성을 가진 분이 계시다고 들었습니다. 그런데 이번에 돌아가신 분들 중에는 없는 것 같던데, 그분은 장주님과 함께 가지 않으셨습니까?"

보표 둘 중 하나는 적등산을 모르는 듯했다. 하지만 볼에 큰 점이 있는 무사가 그를 알고 있었다.

"적씨? 아, 장주 옆에 붙어 다니던 그 음침하게 생긴 사람? 그 사람은 함께 가지 않았네."

자신 있게 말하던 보표가 말끝에 고개를 갸웃거렸다.

"가만, 그런데 어딜 간 거지? 아침부터 못 봤던 것 같은데."

아침부터 못 봤다고?

멈칫한 사운평이 물었다.

"연은장이 넓어서 무사님이 못 본 것일 수도 있지 않을까요?"

"장주님이 돌아가신 일 때문에 장원 안의 모든 보표들이 집합했었네. 그때도 없었지."

"아, 그랬군요."

사운평의 얼굴에는 짙은 실망감이 떠올랐다.

우려했던 대로 그가 사라진 것 같았다.

'빌어먹을. 정말 떠났으면 어디 가서 찾지?'

그런데 왜 도망치듯이 사라진 걸까?

혹시 난문도해라는 책 때문에?

적등산은 유대곡이 공가장에 갔을 때 동행했다. 어쩌면 공 노인의 죽음에 관여했을 수도 있었다. 그는 수많은 사람을 죽인 살귀가 아닌가.

그렇다면 그는 책의 또 다른 비밀에 대해서도 알지 모른다.

만약 그가 책으로 인해 벌어질 일을 예측했다면, 목숨의 위협을 느꼈다면 도망친 것도 이상할 게 없었다.

'일이 이상하게 꼬이는군.'

그때 볼에 점이 있는 무사가 의아한 표정으로 물었다.

"자넨 왜 그 사람을 찾는가?"

"아예, 같은 고향 사람이라는 말을 들어서요."

"혹시 몰라서 하는 소린데, 그 사람을 만나더라도 가까이 지내지 말게. 아주 찝찝한 느낌이 드는 자야."

그렇겠지. 그가 바로 사람을 파리 죽이듯 하는 흑오객 적등산이니까.

"뭐 좀 알아냈나?"

제당으로 돌아간 사운평이 임풍의 어깨너머로 시신을 보며 물었다.

시신에서 손을 뗀 임풍이 질린 표정으로 말했다.

"정말 굉장해. 상처를 보는 것만으로도 가슴이 떨리는군. 나는 여태껏 이런 상처를 본 적이 없네."

"그 정돈가?"

사운평은 호기심 가득한 표정을 지으며 임풍 옆에 앉아서 시신을 살펴보았다.

상흔을 조사해서 상대의 능력을 추측하는 일이라면 그도 남 못지않았다. 그 일 역시 살수나 청부업자로 성공하려면 기본적으로 해야 하는 공부에 속했다.

그런데 호위 무사들의 상흔을 살펴보던 사운평이 서서히 석상처럼 굳어졌다. 눈빛이 깊게 가라앉았고, 손길도 조심스러워졌다.

'네 곳을 단 한 수로 베었다.'

그뿐이 아니다. 베어진 부위가 거울처럼 반질반질했다.

번개처럼 빠르고 강력한 위력의 도기에 당했다는 뜻. 절정 경지에 오르지 않고서는 흉내도 낼 수 없는 상흔이다.

더 무서운 것은, 유대곡과 호위 무사들의 시신에 남은 상흔들이 각기 다르다는 점이다.

무기가 전혀 다른, 상이한 상흔의 종류만 해도 셋.

다시 말해, 절정 고수 셋 이상이 이들을 죽이기 위해 나타났다는 뜻이었다.

"지미, 어떤 자들이지?"

사운평이 시신에서 손을 떼고 눈살을 찌푸렸다.

임풍이 슬쩍 사운평의 표정을 살피며 말했다.

"아무래도 너무 깊이 들어가지 않는 것이 좋을 것 같네."

사운평도 마찬가지 생각이었다. 자신의 목적은 적등산이지 유대곡의 죽음을 파헤치는 것이 아니니까.

그런데 임풍의 말을 듣자 묘한 반발심이 생겼다.

살천류의 후예가 이 정도 일에 겁을 먹고 물러설 수는 없지 않은가.

"벌써부터 포기할 필요는 없어. 상황을 봐서 결정하자고. 뭐 다른 것은 알아낸 것 없어?"

잠깐 망설인 임풍이 할 수 없다는 듯 손가락으로 시신 중 한 구를 가리켰다.

"이것 좀 보게."

임풍이 가리킨 시신은 유대곡이었다. 정확히는 유대곡의 목 아래쪽 가슴 부위.

그곳에는 거친 가시에 긁힌 것처럼 보이는 얕은 상처가 나 있었다.

"뭔가에 긁힌 것 같군."

"그래. 그런데 단순히 긁힌 것치고는 조금 이상하지 않나?"

사운평은 눈을 가늘게 뜨고 긁힌 상처를 살펴보았다. 그러다 뭔가를 느낀 듯 손가락으로 턱을 문지르며 말했다.

"꼭 글자처럼 보이는데?"

"그럼 이제 여길 보게."

임풍이 이번에는 유대곡의 오른손 손가락을 가리켰다. 유대곡은 주먹을 반쯤 움켜쥔 채 굳어 있었다.

유대곡의 손가락을 보던 사운평의 눈빛이 순간적으로 번뜩였다. 오른손 검지 손톱 끝이 손톱 때가 낀 것처럼 검었다.

굳어 버린 피였다.

"유대곡 본인이 손톱으로 긁었다?"

"맞아. 아무래도 그런 것 같네."

왜 그랬을까?

의문을 떠올린 사운평의 머릿속에서 하나의 가정이 세워졌다.

"뭔가를 말하고 싶었던 모양이군."

임풍이 고개를 끄덕였다.

"내 생각도 같네."

"무슨 글자를 쓰려고 했던 거지?"

간(干) 자처럼 보이기도 하고 천(千) 자처럼 보이기도 했다. 그런데 그 오른쪽 아래에 짧게 긁힌 흔적이 있었다. 미처 다 긁지 못하고 죽기라도 한 듯.

임풍이 사운평을 돌아다보았다.

두 사람의 눈이 마주쳤다.

"천(天)."

"천 자가 들어간 어떤 것이겠지."

"문파든, 사람이든."

"자신을 죽인 자들에게 저주를 내리고 싶었나 보군."

"오죽 한이 맺혔으면 죽기 전에 이런 걸 남겼겠나."

"그러고 보면 우린 죽이 잘 맞는 것 같아."

두 사람은 서로를 보며 씩 웃었다.

*　　*　　*

문상객을 받기 시작하면서 연은장 전체가 시장통처럼 북적였다.

사운평과 임풍은 유관양과의 독대를 청했다. 유관양은 두 사람이 뭔가를 알아냈다 생각하고 독대를 허락했다.

"……시간이 촉박해서 그 정도밖에 알아내지 못했습니다. 죄송합니다, 소장주."

유관양은 임풍의 설명을 듣고 눈빛을 싸늘하게 번뜩였다.

"아버님을 해친 놈들이 놀라운 고수라는 건 우리도 짐작하고 있었네. 그런데 가슴의 긁힌 자국에 그런 이유가 있을 거라고는 생각도 못 했군."

"지금으로선 그 흔적이 사람을 가리키는 것인지, 상대 세력을 가리키는 것인지 확실치가 않습니다. 시간을 두고 조사를 해 본다면 좀 더 깊은 많은 것을 알아낼 수 있을 것 같습니다만……."

"시신에 대한 조사 외에 자네들 같은 의원이 뭘 더 할 수 있겠는가? 그 일은 우리 쪽 사람들이 알아서 할 것이니 너무 신경 쓰지 않아도 되네."

"이제야 말씀드립니다만, 저희는 의원으로서 환자를 치료하기도 하지만 다른 일도 병행하고 있습니다."

"다른 일?"

"이번과 같은 조사도 하고, 사사로운 일도 맡아서 처리해 주곤 하지요."

우리는 청부업자요. 그 말이다.

유관양도 임풍의 말뜻을 알아듣고 호기심이 동한 표정을 지었다.

"호오, 그래?"

"사실 너무 위험할 것 같아서 나서지 않으려고 했습니다만, 이번 일은 많은 사람이 알게 될 경우 큰일이 날 것 같다는 생각이 들어서 소장주께 말씀드리는 겁니다."

"큰일이라면, 원수 놈들이 우리를 공격할 수도 있단 말인가?"

"저들은 장주님조차 죽인 자들이 아닙니까? 추적당한다는 걸 알면 어떤 짓을 할지 모릅니다. 그러니 아는 사람이 적을수록 좋을 거라는 게 저희 생각입니다."

"으으음."

유관양이 침음을 흘리며 고개를 주억거렸다.

그러다 주억거림을 멈추고 임풍을 직시했다.

"자네 말이 옳은 것 같군. 그런데 정말 할 수 있겠는가? 목숨이 위험할지도 모르는데?"

임풍이 사운평을 돌아다보았다.

'네 능력을 보여줘.' 그런 눈빛으로.

조용히 서 있던 사운평이 품속에서 손톱만 한 은자 하나를 꺼내더니, 공력을 끌어올려서 엄지와 검지로 눌렀다.

은자가 찰흙처럼 납작하게 펴졌다.

"위험한 일을 하기 위해서는 그만한 힘이 필요한 법이지요."

사운평이 담담히 말하고는 납작해진 은자를 다시 동그랗게 뭉쳤다.

유관양의 눈빛이 달라졌다.

은자를 펴는 것이 어렵긴 해도 어지간한 일류 고수라면 할 수도 있다. 그러나 힘을 주는 기색도 없이 찰흙처럼 가지고 노는 일은 결코 쉬운 일이 아니다.

"대단한 실력이군. 좋아, 만약 자네들에게 그들의 추적을 맡긴다면 어느 정도 대가를 내야 하는가?"

잠깐 머리를 굴린 사운평이 말했다.

"이백 냥 정도 내신다면 해 보겠습니다."

그러자 임풍이 즉시 몇 마디 보탰다.

"물론 금자를 말하는 것입니다."

움찔한 사운평은 고개를 쳐들고 하마터면 '억!' 소리를 낼 뻔했다. 하지만 쳐든 고개를 곧바로 끄덕여서 위기(?)를 모면했다.

"부담 가는 금액이시겠지만, 저희도 목숨을 내놓아야 하는 일이어서 말이지요."

"음, 금자로 이백 냥이라……."

유관양은 금자 이백 냥이라는 말에 고민하는 표정을 지었다.

낙양성 내의 대저택도 황금 오십 냥이면 살 수 있었다. 이백 냥이면 엄청난 거액이었다.

하지만 그는 시간을 끌지 않았다. 문상객들이 몰려오고 있으니 밀고 당길 시간도 없었고.

더구나 아무도 알아내지 못한 상흔의 비밀을 알아낸 자들이 아닌가. 왠지 모르게 믿음이 갔다.

원수들의 정체만 알아낼 수 있다면야 금자 이백 냥이 대수일까.

"좋네, 주지."

第八章

추적(追跡)

사운평은 임풍의 새로운 면을 발견하고 내심 흡족했다.

'겉모습과 달리 통이 크군.'

금자 이백 냥. 은자로 따지면 사천 냥이다.

물론 선불로 절반인 백 냥만 받기로 했지만, 그것만 해도 어디인가.

거기다 정식으로 유대곡의 방을 살펴볼 수 있는 자격까지 얻은 터였다.

적등산이 사라져서 급격히 가라앉았던 기분이 그 일로 조금 나아졌다.

"임풍, 소장주가 그 돈을 줄 거라고 예상했나?"

사운평이 유대곡의 방으로 가면서 물었다.

임풍이 쓴웃음을 지으며 대답했다.

"연은장의 재력은 알려진 것보다 더 거대하네. 금자 이백 냥쯤은 있으나 없으나 그게 그거야. 그리고…… 솔직히 나는 내 목숨을 은자 이백 냥에 맡기고 싶지 않았네."

살짝 긴장한 목소리. 상대의 무서움을 알게 되니 두려운 마음이 든 듯했다.

하긴 청부업에 이제 첫발을 디딘 임풍이 아닌가. 처음부터 너무 강한 상대를 만났으니 그런 생각이 들 만도 했다.

"그랬군. 좌우간 앞으로 흥정은 자네가 맡게. 돈 계산은 아무래도 나보다 나은 것 같아."

사운평이 임풍의 어깨를 툭 치고 씩 웃었다.

사실 자신도 조금은 겁이 났다. 그렇다고 해서 겁이 난 표정을 보일 순 없는 일이었다.

가족의 입회하에 유대곡의 방에 있는 책을 모두 살펴봤지만 난문도해는 없었다. 심지어 숨겨 놓았을지도 모른다는 생각에 구석구석을 다 뒤져 보았다.

그러나 책은 어디에도 없었다.

적등산과 난문도해의 행방불명.

어쩌면 그렇게 안 좋은 예측은 딱딱 맞아떨어진단 말인가.

"빌어먹을. 진짜 책 때문에 벌어진 일인가 본데?"

"그 책이 얼마나 귀한 것인지 몰라도, 내 머리로는 이해할 수 없는 일이네."

"그건 그래. 공가선도 고서가 취미인 사람 외에는 탐낼 만한 책이 아니라고 했잖아?"

"맞아. 하지만 꼭 필요한 사람들에게는 돈 주고도 못 사는 보물이라고도 했지."

"그럼 유대곡이, 그 책을 필요로 하는 사람에게 팔러 갔다가 죽었다?"

"그렇다고 봐야겠지."

"그를 죽인 자들은 '천' 자와 관련이 있고 말이지?"

"그래."

사운평의 눈빛이 차갑게 번들거렸다. 그가 뭔가를 알아냈을 때 보이는 모습이었다.

"일단 연은장에서 나가세."

*　　*　　*

사운평과 임풍은 먼저 옷을 갈아입고 무기를 챙긴 다음 유대곡과 호위 무사의 시신이 발견되었다는 곳으로 향했다.

낙양에서 남쪽으로 삼십여 리를 내려가자 이궐(伊闕)의 용문석굴이 나왔다.

사운평은 처음이었지만, 임풍은 몇 번 와 본 듯 용문석굴의 불상들에 대해서 잘 알았다.

"북위 때부터 새기기 시작했다고 하더군. 여기에 세 번 와 봤는데 볼 때마다 정말 엄청난 위용에 절로 고개가 숙여지네."

사운평은 벌어지려는 입을 겨우 닫고서 눈알만 굴렸다.

말로만 듣고, 석산에 불상들을 많이 새겼나 보다 했는데, 직접 본 용문석굴은 상상 그 이상이었다.

끝없이 펼쳐진 석굴과 석불을 보고 있으니, 적등산이고 유대곡을 죽인 범인이고 아무것도 생각나지 않았다.

특히 봉선사(奉先寺) 비로자나불의 거대한 모습과 그 옆에 늘어서 있는 나한, 보살, 역사, 천왕의 생생한 모습들은 충격이었다.

그런데 사운평이 넋이 반쯤 빠진 표정으로 석가의 보신불인 비로자나불을 보고 있을 때였다.

저 앞 남쪽에서 여섯 사람이 느긋한 걸음걸이로 걸어왔다.

사남이녀(四男二女). 남자는 사오십 대 중년인이 둘이고, 이십 대 청년이 둘이었다. 그리고 여자는 아직 스물이 안 될 것 같은 젊은 여인과 삼십 대의 미부였다.

그중 백의 장삼을 걸친 중년 남자 한 사람을 제외한 다섯이 무복을 입고 있었다. 심지어 여인들조차 가벼운 경장 차림에 검을 메고 있었다.

고급스럽게 보이는 옷과 머리 모양, 피부 등 행색만 봐도 대단한 신분을 지닌 사람들처럼 보였다.

사운평이 그들을 발견한 것은 봉산사의 불상에서 눈을 떼고 막 돌아선 후였다. 그때쯤에는 그 여섯 사람과의 거리가 십여 장으로 줄어들어 있었다.

사운평은 그들을 보고 묘한 감정을 느꼈다.

그들의 행색 때문이 아니었다.

뭐랄까, 끈적끈적한 운명 같은 느낌이랄까?

'처음 보는 자들인데 왜 이런 요상한 느낌이 들지?'

거리가 서서히 가까워졌다.

중년인 중 청의 무복을 입은 자가 먼저 사운평을 쳐다보았다.

정말 기이한 눈빛이었다. 차가운 것 같으면서도 은은한 열기가 느껴지고, 맑은 것 같으면서도 칙칙해서 깊이를 알 수가 없었다.

속을 파악할 수 없는 눈빛.

평상시의 사운평이었다면 연구 대상감이라고 호기심이 동했을 것이다. 그러나 지금은 그럴 수가 없었다. 정체를 알 수 없는 적을 상대해야 하는 지금은.

청의 중년인은 사운평을 잠시 쳐다보고는 시선을 돌렸다. 그런데 그가 시선을 돌리자마자 이번에는 하늘색 무복을 입은 청년이 바라보았다.

"등 대협, 누군데 그렇게 바라보십니까?"

그러면서.

"아무것도 아니다. 젊은 청년이 묘한 분위기를 풍겨서 봤을 뿐이야."

"그래요? 제가 봐선 별 볼 일 없는 삼류 무사처럼 보이는데요?"

"너무 신경 쓰지 마라. 내가 너무 예민해서 그런 것일 수도 있으니까."

청년은 사운평을 가소롭다는 표정으로 바라보고는 고개를 돌렸다.

마지막으로 나이 어린 여인이 사운평을 바라보았다.

"그래도 아주 별 볼 일 없는 사람은 아닌 것 같은데요?"

여인의 그 말에, 갈색 무복을 입은 청년이 호들갑스럽게 대꾸했다.

"상관 소저께 그런 평을 듣다니. 저 친구 복도 많군요."

"호호호, 백 공자님도 참. 그냥 삼류 무사는 아닌 것 같아서 한 말일 뿐이에요. 특별하게 생각하진 마세요."

그들의 목소리를 다 들은 사운평은 속에서 작은 불꽃이 일렁거렸다.

'저것들이!'

청의 중년인의 수상한 눈빛만 아니었어도 혼쭐을 내 줄 텐데.

그사이 그들과 삼 장의 거리를 두고 엇갈려 지나갔다.

마지막까지 그를 바라보던 여인은 눈이 마주치자 보일 듯 말듯 입술을 삐죽이고는 고개를 돌렸다.

'췟, 연연이보다 못생겼네.'

기분이 상한 사운평은 마침 관음보살상이 보이자 고개를 쳐들고 말했다.

"저런, 보살님이 왜 저렇게 못생겼지?"

임풍은 영문을 몰라서 어리둥절한 표정으로 눈을 껌벅였다.

"저 관음보살님이 왜?"

"저 입술 좀 봐. 누가 새겼는지 꼭 심술꾸러기처럼 보이잖아."

사오 장 떨어진 곳을 걸어가던 젊은 여인이 그 목소리를 듣고 살짝 고개를 틀어서 째려보았다.

'혹시 나에게 한 말 아니야?'

하지만 사운평은 관음보살만 쳐다본 후 다시 걸음을 옮겼다.

'여자라면 자고로 연연이처럼 마음이 고와야 해.'

그도, 중년인 일행도 알지 못했다.

그날의 스쳐 지나간 인연이 마지막이 아니라는 걸. 운명의 수레바퀴는 이제 돌기 시작했을 뿐이라는 걸.

시신이 발견된 곳은 낙양 남쪽 이궐(伊闕)에 있는 용문석굴(龍門石窟)을 지나서 이십 리를 더 간 곳에 있는 언덕과 언덕 사이의 깊이가 얕은 골짜기였다.

"저기 쌍목(雙木)이 있군. 이 골짜기가 맞는 것 같아."

사운평이 언덕 위에 서서 말했다.

황사 바람이 부는 건너편 언덕 위에 말라죽은 고목 두 그루가 우뚝 서 있었다. 아마 쌍둥이처럼 서 있는 그 고목이 없었다면 직접 안내를 받지 않고는 찾지도 못했을 것 같았다.

일단 위치를 찾아낸 사운평과 임풍은 골짜기로 내려갔다.

흥건했던 핏자국은 먼지로 뒤덮여서 희미해진 상태. 두 사람은 핏자국이 있는 인근을 샅샅이 살펴보았다.

고수들의 싸움이 벌어진 곳에는 으레 흔적이 남기 마련이었다.

아니나 다를까, 근처에 말라죽은 키 작은 나무가 몇 그루 있었는데, 그중 두어 그루의 가지가 날카롭게 잘려 있었다.

사운평은 잘려 나간 가지를 유심히 살펴보았다. 시신의 살이 갈라진 것만큼이나 강력하고 날카로운 기운에 의해서 잘린 흔적이 고스란히 남아 있었다.

"뭐 얻은 것이라도 있어?"

임풍이 물었다.

"나무 쪼가리밖에 없어."

사운평은 혹시 필요할지 몰라서, 흔적이 뚜렷하게 남은 가지를 다섯 치가량 잘라서 품속에 넣었다.

"어디 놈들일까?"

임풍이 물으며 눈을 가늘게 좁혔다. 오후 늦은 시간이 되면서 황사바람이 더욱 거세지고 있었다.

사운평이 남쪽 언덕을 바라보며 말했다.

"범인들은 백 리 이내에 있을 거네."

"백 리?"

"유대곡이 마차를 타고 하루 만에 갔다 올 수 있는 거리가 얼마나 되겠나?"

"흠, 그렇군."

"남동쪽에서 남서쪽까지 부채꼴 형태 안에 있다고 봐야겠지."

"그 안에서 '천' 자를 쓰는 사람이나 단체를 찾으면 되겠군."

"생각처럼 쉽진 않을 것 같아. 절정 고수 셋을 동시에 움직일 수 있는 자들이라면 쉽게 마각을 드러내지 않을 거야."

게다가 아무리 확실하다 해도 그들을 몰아붙이려면 완벽한 증거가 있어야 한다. 증거가 없으면 역공(易攻)을 당할 수도 있다.

"우리야 범인의 정체만 밝혀내면 되는 일 아닌가? 나머지는 연은장에 맡겨야지."

"아무래도 그래야겠지."

나직이 대답하는 사운평의 눈빛이 스산하게 번뜩였다.

그도 어지간하면 그럴 생각이었다.

그런데 느낌이 안 좋았다. 마치 깊이를 알 수 없는 늪에 빠진 느낌이랄까?

'젠장, 한번 붙어야 한다면 별수 없지, 뭐.'

*　　*　　*

낙양 상선로로 다시 돌아간 사운평은 이튿날 아침에 만구점을 찾아갔다.

"여, 안녕하쇼. 또 왔습니다."

사운평이 인사를 하며 안으로 들어가자 이문이 움찔하며 눈알을 굴렸다.

다시 찾아온 거야 문제 될 게 없었다. 오히려 손님이 왔으니 좋아해야 마땅했다.

하지만 그는 좋아하기 전에 경계부터 했다.

전날 그 무서운 눈빛을 봤던 그는 사운평이 시원하게 인사를 건네는 게 더욱 수상했다.

"오늘은 어쩐 일인가?"

"그야 알아볼 것이 있어서 왔지요."

"그래?"

적등산이 사라졌다는 소식을 듣고 자신이 준 정보가 엉터리라며 따지기 위해서 온 것이 아닌가 생각했다.

그런데 다행히 돈을 물어내라고 생떼를 쓰기 위해서 온 것은 아닌 듯했다.

"뭘 알아보겠다는 건가?"

"일단 안으로 들어가서 이야기하죠. 매우 중요한 이야기라서 말입니다."

"응? 그럴까?"

이문은 먼저 변명부터 했다.

"적등산이 사라졌을 줄은 나도 생각지 못했네."

"어쩔 수 없죠. 주인장이 강호사를 모두 꿰뚫고 있는 것은 아니잖습니까?"

"그건 그렇지."

이문의 표정이 조금 밝아졌다.

"그래도 정보를 사자마자 없어진 것은 사실 너무하긴 했죠. 정말 몰랐습니까?"

그 말에 이문의 밝아졌던 표정이 다시 어두워졌다.

"그러게 말이야. 나도 이 장사 이십팔 년 만에 처음 있는 일이네."

"그렇다고 돈 물어내라고 하는 건 아니니 그건 걱정 마십쇼."

"허허허, 내 마음을 이해해 주니 고맙구먼."

물론 돌려 달라고 해도 돌려줄 마음은 없었다.

—한번 받은 돈은 절대 돌려주지 않는다.

그게 이문의 신조였으니까.

"그건 그렇고…… 혹시 낙양을 중심으로 반경 이백 리 이내에서 검을 절정 경지까지 익힌 사람을 꼽으면 몇 명이나 되겠습니까?"

"글쎄?"

"그 정도는 돈 받고 말고 할 것도 아니니 한번 생각해 보십쇼. 누가 뭐래도 낙양 제일의 정보 상인 아닙니까?"

"험, 그야 그렇지. 잠깐만 기다려 보게."

이문은 헛기침을 하고는 머리를 굴렸다.

곧 몇 명의 이름이 빠르게 떠올랐다.

"에…… 대충 잡아도 대여섯 명은 되겠군."

"좀 더 자세히 생각해 보십쇼."

사운평이 무뚝뚝한 목소리로 압박하자, 이문은 머리를 더 쥐어짰다.

곧 두어 명의 이름이 더 떠올랐다.

"으으음, 절정 경지의 검수라면 여덟 명 정도는 될 것 같네."

"그중 현재 남쪽에서 활동하는 사람만 꼽으면 몇 명입니까?"

"남쪽이라…… 둘? 아니 셋?"

"누구누굽니까?"

"그건……."

이제부터는 가치가 있는 정보다. 공짜로 대답해 줄 수 없었다.

그러나 사운평이 한 수 앞섰다.

"진짜 질문은 아직 나오지도 않았습니다. 물론 그에 대해선 정당한 대가를 지불할 생각이죠."

"뭐 그렇다면야……."

이문은 푼돈을 포기하기로 하고 질문에 대답해 주었다.

"낙운검객(落雲劍客) 오득천, 소청신검(簫靑神劍) 위강, 그리고 마도의 관산일마(貫山一魔) 양화민 정도네."

사운평도 그들의 이름을 들은 적이 있었다. 어디에 사는지만 몰랐을 뿐.

그들은 이문의 말대로 절정 고수라 불리기에 부족함이 없는 자들이었다.

"그럼 남서쪽에서 남동쪽 사이를 부채꼴로 해서, 절정 고수 중 '천' 자와 관련된 사람이나, 절정 고수를 세 사람 이상 보유한 단체가 얼마나 됩니까? 물론 단체도 '천' 자가 들어가야 합니다."

사운평이 검지로 허공에 부채꼴 그림을 그리며 물었다.

이문이 이마를 찌푸리고 기억을 더듬더니 천천히 이름을 말했다.

"먼저 사람을 말하자면, 좀 전에 말한 오득천 외에도 양천일수(陽天一手) 여무량 대협을 들 수 있겠지. 그리고 천일사(天一師) 희영안 대협도 '천' 자가 들어가지. 에…… 또 그리고……."

이문은 일단 사람을 먼저 오득천까지 다섯 명을 지명하고는 단체를 말했다.

"단체를 말하자면 두 곳밖에 없네. 봉천문(奉天門)과 천의산장(天意山莊)."

"이제 진짜배기요. 봉천문과 천의산장에 대해 알고 있는 모든 정보를 주쇼."

이문이 빤히 사운평을 바라보았다. 지금까지와 전혀 다른 눈빛이었다.

잠시 뭔가를 망설이던 그는 한숨을 내쉬며 고개를 저었다.

"후우, 봉천문에 대해서는 알려 줄 수 있네. 하지만 천의산장에 대해서는 말해 줄 수 없네."

"왜 말해줄 수 없다는 거요?"

"아무리 돈이 좋아도 죽고 싶진 않거든."

"천의산장이 그렇게 무서운 곳이오?"

"몰라서 묻나? 검천성과 천의산장의 관계에 대해서 모르는 건 아니겠지?"

그제야 사운평은 오래전 사부에게 배울 때 외우다시피 했던 강호야사의 내용 중 하나가 떠올랐다.

패천검웅(覇天劍雄) 주철위가 중소문파 중 하나였던 검천성을 십여 년 만에 대문파로 키울 수 있게 된 것은 그의 장인 덕분이라 할 수 있다. 그의 장인은 하남성 여양(汝陽)의 구절산에 사는데, 세상에 모습을 드러내지 않은 기인이다. 이름은 공손수경. 그가 사는 곳은 천의산장인데, 그곳이야말로 진짜 복마전(伏魔殿)이다.

"책에서 본 지가 오래되어서 깜박했수."

"다른 곳도 아니고 검천성이라면 입조심, 몸조심해야 하네. 푼돈 몇 푼 벌려다가 몇십 년 일찍 저승으로 달려갈 수는 없지 않은가? 무슨 일인지 모르지만, 자네도 천의산장은 신경 끄게."

사운평은 이문의 말을 듣고도 포기하지 않았다. 포기는커녕 그 말을 들으니 투지가 끓어올랐다.

지들이 강하면 얼마나 강해? 그런 마음.

"금자 다섯 냥이면 푼돈은 아닐 것 같소만."

"금자 다섯 냥?"
이문의 눈이 커졌다.
은자 열 냥 가지고 신경전 벌인 걸 생각하면 금자 다섯 냥은 눈이 돌아갈 정도의 거금이었다.
그러나 이문은 이를 악물고 갈등을 참아 냈다.
"후우, 아깝긴 하지만 포기하겠네."
"정보를 판다는 분이 의외로 간이 작군요."
사운평의 비아냥에 이문이 움찔했다. 하지만 그는 격장지계(隔墻之計)에 넘어가지 않았다.
"요즘 한창 위세를 떨치는 검천성의 적이 될지도 모를 일이네. 내가 아닌 누구라도 조심할 거네."
"여기에서 나온 정보라는 것만 들통 나지 않으면 되지 않수?"
이문의 눈빛이 흔들렸다. 그러나 이번에도 욕심을 가까스로 짓눌렀다.
"영원히 숨길 수 있는 일은 없네. 나는 죽음의 사자가 찾아올 때까지 불안에 떨고 싶지 않아."
이문이 흔들렸다는 것을 안 사운평이 손을 들어서 손가락 두 개를 천천히 폈다.
"만약…… 내가 원하는 정보가 나온다면, 배를 드리죠."
두 배면 금자 열 냥!
침을 꿀꺽 삼킨 이문의 눈빛이 가지 끝에 달린 마른 나뭇잎처럼 흔들렸다.
"나, 나는 돈보다 목숨이……."

그가 더듬거리며 갈등하자, 사운평이 차가운 목소리로 강력하게 압박했다.

"때로는 먼 곳에 있는 칼보다 가까운 곳에 있는 주먹이 더 무서운 법이죠. 이제는 저도 제 목숨을 지켜야겠습니다. 결정하십쇼."

자신이 천의산장의 정보를 구한다는 게 알려지면 검천성의 칼이 자신에게 향할 터. 자신이 살기 위해서라도 어쩔 수 없이 이문을 죽일 수 있다는 뜻이다.

결국, 이문은 그의 말을 핑곗거리로 삼아서 자신과의 싸움을 끝냈다.

"조, 좋네. 자네가 정 그렇게 나온다면 나도 할 수 없지. 이러나저러나 위험하다면, 까짓것 직업에 충실하겠네. 하지만 내가 가진 정보는 제한적이네. 그래도 상관없다면 주지."

그제야 사운평이 웃음을 지었다.

"왜 그런지 몰라도, 저는 만박통사 어른이 마음에 듭니다. 금자 열 냥을 정보의 대가로 주면서도 이렇게 기분 좋을 줄은 몰랐군요."

"나도 자네가 마음에 드네. 꼭 조카 같아. 근데 정보는 선불을 받아야만 줄 수 있네. 공은 공이고, 사는 사 아니겠는가."

"당연히 선불로 드려야죠. 먼저 다섯 냥을 드리겠습니다. 나머지는 정보를 확인한 후에 드리죠."

"기왕이면 다 주는 것이……."

"부자간에도 지킬 것은 지켜야 하는 법 아니겠습니까."

"허허허, 그건 그렇지. 알겠네. 그럼 먼저 다섯 냥을 받지."

이문이 웃으면서 척, 손을 내밀었다.

사운평도 미소를 띤 채 금자 다섯 냥을 꺼내서 이문에게 흔들어 보였다.

"정보가 책으로 정리되어 있으면 가져오시죠. 그럼 드리겠습니다."

*　　*　　*

사운평은 책을 붙잡고 한 시진 넘게 읽었다.

훑어보는 정도라면 일각이면 충분했다. 하지만 두 번 볼 수 없는 책이었다. 나름대로 신경 써 가며 중요한 부분은 외우다 보니 한 시진이 훌쩍 흘러간 것이다.

그나마 살수 수업을 받을 때 글자를 암기하는 법을 익힌 터라 그 시간 안에 책을 거의 다 외울 수 있었다.

특히 천의산장에 관한 책은 이상한 점이 눈에 띄어서 강호인명록을 되살리며 읽어야 했다.

괴이하게도 간부급 인물 중 반 정도는 정보가 거의 없었던 것이다. 이름이 적혀 있어도 처음 들어 보는 이름이었고.

천의산장이 검천성을 일으킨 원동력이라면 유명 고수들이 즐비할 것이거늘.

심지어 십 년 전부터 실질적으로 천의산장을 좌지우지한다는 천의대공 공손무곡에 대한 것도 이름뿐이었다.

그렇다고 해서 전혀 도움이 안 되는 것은 아니었다.

봉천문과 천의산장의 건물 배치와 인원, 근래의 움직임 등이 제법 상세하게 적혀 있었다.

그래도 솔직히, 금자 열 냥은 너무 비쌌다.

'제길, 괜히 많은 돈 썼군. 임풍이 뭐라고 안 할지 모르겠네.'

그 시간 동안 이문은 즐거운 기분으로 기다려 주었다. 그는 누런 황금을 손으로 굴리며 흥겨운 기분을 만끽했다.

사운평이 한 시진 반 만에 책을 놓고 고개를 들자, 그도 황금을 주물럭거리던 손짓을 멈췄다.

"다 봤는가?"

"오늘은 대충 보고 다음에 와서 다시 봐야 할 것 같습니다. 그런데 설마 이게 전부는 아니겠지요?"

"응? 그게 전부인데?"

"역사가 백 년이 넘었다는 봉천문과 천의산장에 대한 정보가 이게 전부라고요?"

"그게…… 다른 것이 조금 있긴 한데……."

"그건 다음에 보죠. 분명히 말하는데, 저는 봉천문과 천의산장에 대한 정보를 모두 사기로 했습니다. 무슨 말인지 모르시지는 않을 것 같고……. 만약 뒤로 빼돌리고 보여 주지 않은 게 있으면, 나머지 다섯 냥은 주지 않을 겁니다."

이문은 입맛을 다셨다.

고급 정보 몇 가지가 더 있다. 그에 대해선 따로 대가를 받으려 했다. 젊은 놈이 어디서 황금 덩어리를 주웠는지 모르지만, 열 냥을 줄 정도면 아직 많이 남았을 것 같았다.

그런데 잘못하다가는 황금 맛이 아니라 칼 맛을 봐야 할지도 몰랐다.

“허허허, 걱정 말고 언제든 오게.”

만구점을 나서자 어느새 해가 중천에 떠 있었다.

‘쩝, 가서 식사부터 해야겠군. 임풍과 영소가 기다리겠는데?’

그때였다.

골목 저쪽에서 마차 바퀴 구르는 소리가 들렸다.

사운평은 자신도 모르게 움찔하며 소리가 들리는 곳을 바라보았다.

곧 마차 한 대가 골목길을 돌아 나왔다.

그도 잘 아는 마차. 초혜의 마차였다.

‘응?’

사운평은 마차를 보면서 고개를 갸웃거렸다.

그가 아는 초혜는 성격이 괄괄하긴 해도 대책 없는 행동을 하진 않았다. 그런데 지금은 좁은 골목길에서 마차를 빠르게 몰았다.

게다가 무엇 때문인지 무척 다급한 표정이었다.

‘왜 저러지?’

잠깐 사이에 마차가 만구점 앞에 도착했다.

사운평은, 절대 공짜로는 도와주지 않으리라 마음먹고 팔짱을 꼈다.

마차가 멈추자, 초혜가 마부석에서 뛰어내렸다.

그제야 사운평은 그녀의 얼굴에서 눈물 자국을 발견했다.

‘어? 뭐야? 저 선머슴 같은 여자가 울었어?’

“저기, 이봐.”

사운평이 이유를 물어보려 하는데, 초혜가 사운평의 앞을 휭 지나갔다. 그리고 이문을 불렀다.

“만박 아저씨!”

“이 시간에 어쩐 일이냐, 초혜야?”

어슬렁거리며 나오던 이문이 초혜의 눈물 자국을 보고는 눈이 휘둥그레졌다.

“너? 무슨 일이냐? 왜 그래? 혹시 저 친구가……?”

이문의 눈이 사운평을 향했다.

사운평은 이문의 뒷말을 짐작하고 어이가 없었다.

“제가 뭘 어쨌다고……?”

“자네가 아니면 초혜가 왜 눈물을 흘린단 말인가?”

“그걸 제가 어떻게 압니까?”

그때 초혜가 빽 소리쳤다.

“그게 아니고요!”

“응? 그게 아니면? 그럼 무슨 일이야?”

“할아버지가 크게 다치셨어요.”

“뭐? 초 노인이? 누가 감히 초 노인을 해쳤단 말이냐?”

“장 씨 아저씨 말로는 봉천문의 무사가 그랬대요. 봉천문에서 잔치 때 쓰려고 있는 술을 전부 달라고 하셨는데 할아버지가 주지 않았나 봐요. 아시다시피 할아버지는 돈을 아무리 많이 줘도 한곳에 술을 삼 할 이상 팔지 않으시잖아요.”

“그렇다고 사람을 해쳐? 아니지, 그보다 얼마나 다치셨지? 설마 많이 다친 건 아니지?”

“다리뼈가 부러지고 갈비뼈도 부러진 것 같아요. 급히 의원을 부르긴 했는데…… 나이를 많이 드셔서 어떻게 될지 장담할 수 없대요."
말을 하는 초혜의 눈에서 다시 눈물이 흘렀다.
"저런!"
"할아버지를 그렇게 만든 자가 누군지 몰라도 절대 가만두지 않을 거예요."
초혜가 눈물을 흘리면서 입술을 씹었다.
"자자, 진정해라, 초혜야."
"정말이에요. 무슨 수를 써서라도 그자에게 열 배로 복수할 거예요!"
"알았다. 알았으니까, 진정하고 눈물 닦아."
초혜는 소매로 쓱쓱 눈물을 닦아냈다. 얼굴이 눈물과 먼지로 범벅되었지만 개의치 않았다.
이문이 그녀를 달래며 물었다.
"할아버지가 다쳤으면 옆에 있어야지, 여긴 왜 온 거냐?"
"언젠가 그랬잖아요. 뼈가 부러졌을 때 잘 붙는 약이 있다고요. 그 약을 사려고 왔어요."
"약? 그, 그게 말이다……."
이문의 얼굴이 일그러졌다. 그런 약이 있긴 했다. 그러나 이미 두 달 전에 남의 손에 넘어갔다.
"지금은 그게 없는데…… 팔렸거든."
"예? 정말요?"
"그래. 미안하구나."
그때 한쪽에서 지켜만 보고 있던 사운평이 나섰다.

"이봐. 괜찮은 의원이 있는데, 소개시켜 줄까?"

초혜는 사운평의 말을 반쯤 무시했다.

그런데 이문이 사운평의 편을 들어주었다. 자신을 믿고 달려온 초혜에게 미안한 마음도 있었고, 조금은 그런 마음을 떠넘기려는 의도도 있었다.

"그래, 초혜야. 괜찮은 의원이 있다고 하니 말해 봐라."

초혜도 할아버지가 걱정되어서 끝까지 사운평의 말을 무시하지 못했다.

"정말 실력 있는 의원이에요?"

"내가 봐선 그래. 네가 할아버지 때문에 슬퍼하는 것 같아서 하는 말이니까, 결정은 네가 내려."

"좋아요. 그 의원은 어디 있어요?"

"상선로."

초혜는 마차를 상선로로 몰았다. 어차피 이문에게 특효약이 없는 이상 약도 구해야 했다.

사운평은 집으로 가서 임풍을 끌고 나왔다.

초혜는 임풍의 인상이 너무 수더분해서 못 미더웠다. 그러나 이곳까지 온 이상 이제 와서 거부할 수도 없었다.

"약부터 사요. 할아버지는 지금 다리와 갈비뼈가 부러졌어요. 뼈가 부러진 데 좋은 약을 사 줘요."

임풍은 초혜를 본 순간부터 정신이 반쯤은 딴 곳으로 간 듯했다.

'아, 아름답다.'

넋이 반쯤 빠진 그를 사운평이 다그쳤다.

"뭐해, 임풍? 약을 사자고 하잖아?"

"응? 어, 알았네."

임풍은 상선로의 약초상에 들어가서 급히 약초를 샀다. 그가 산 약초 중에는 뼈에 좋은 것도 있었고, 노인의 기혈을 보강하는 약재도 있었다.

그는 약초를 사면서 각 약초의 효능과 복용법을 초혜에게 설명해 주었다. 그제야 못 미더워하던 초혜의 얼굴에 조금씩 믿음의 싹이 텄다.

'완전 돌팔이 의원은 아닌 것 같네.'

마차를 타고 달려서 도착한 초혜의 집은 낙양성 북문 밖에 있었다.

마차가 집 안으로 들어서자, 허름한 옷을 입은 사십 대 중년 남자가 방 안에서 다급히 나오며 소리쳤다.

"아이고, 초혜야. 왜 이제 와."

초혜가 마부석에서 내리며 놀란 표정을 지었다.

"왜 그래요, 장 씨 아저씨? 혹시 할아버지가 더 안 좋으신 거예요?"

"그래. 온몸이 얼음덩이처럼 차가워서 만지기가 겁이 날 지경이야."

임풍이 마치 자신의 일인 양 서둘렀다.

"어서 들어가 봅시다, 낭자."

방 안에는 안색이 백지장처럼 창백한 노인이 죽은 듯 누워 있었다. 이불 밖으로 드러난 팔은 바깥쪽으로 꺾여 있었고, 숨소리는 귀를 기울여도 들릴 듯 말 듯했다.

임풍은 일단 초혜 할아버지의 손목을 잡고 진맥부터 했다.

열을 셀 정도의 시간이 흐르자 그의 표정이 침중해졌다.

초혜 할아버지는 겉보기보다도 상태가 매우 위중했다. 단순한 구타가 아니라 무공을 익힌 자에게 맞은 탓이었다.

경력이 침범해서 내상마저 입은 상태. 속히 치료하지 않으면 가느다란 숨소리마저 곧 끊길 듯했다.

그나마 다행이라면, 자신이 무공을 익힌 의원이라는 점이었다. 그리고 곁에는 자신보다 내공이 심후한 사운평이 있었다.

"나 좀 도와주게. 내상부터 다스려야겠네."

*　　*　　*

한 시진 동안 임풍이 전력투구한 덕에 노인의 상태가 조금 나아졌다. 몸에 열기도 돌았고, 부러졌던 뼈도 맞춰졌다.

뼈는 사운평이 맞췄는데, 무식하게 보일 정도로 사정없이 당기자 초혜가 빽 소리쳤다.

"조심해요!"

그래 봐야 사운평은 눈썹 하나 까딱하지 않았지만.

사부 밑에서 살수 수업을 할 때 스스로 뼈를 맞춘 적도 있는 그였다. 남의 뼈를 맞추는 일쯤이야…….

어쨌든 대충 응급처치가 끝나자 한숨 돌린 임풍이 말했다.

"당분간은 절대 안정이 우선이오. 그리고 낫는다 해도 무리한 일을 할 수는 없을 거요. 노인의 뼈는 쉽게 붙지도 않고, 붙는다 해도 워낙 약해서 심하게 다루면 다시 부러질 수가 있소."

"알았어요. 고마워요."

초혜가 임풍에게 고개를 꾸벅 숙였다.

사운평은 초혜가 임풍에게만 고마움을 표하고 자신은 쳐다보지도 않자 한마디 툭 던졌다.

"나에게는 고맙다고 안 해?"

초혜가 사운평을 째려보았다.

"의원님 말씀 못 들었어요? 노인은 뼈가 약하다고 하잖아요. 그럼 조심조심해서 다뤄야지, 그렇게 무식하게 다루면 어떡해요?"

"뭘 모르는군. 뼈는 맞출 때 단숨에 맞춰야 해. 조심한답시고 천천히 맞추면 더 아픈 법이야."

"흥."

초혜가 코웃음 치며 고개를 돌렸다.

그러다 무슨 생각이 났는지 다시 사운평을 바라보았다.

"청부업자라고 했죠?"

"그래. 왜?"

"실력 뛰어난 청부업자 아는 사람 있어요?"

"왜?"

"할아버지를 저렇게 만든 놈, 절대로 용서하지 않을 거예요."

잘근잘근 입술을 씹으며 말하는 초혜의 눈에서 서릿발 같은 눈빛이 쏟아졌다.

여자가 한을 품으면 오뉴월에 서리가 내린다더니 헛말은 아닌가 보다.

'누군지 몰라도 잘못 걸렸군. 쯧쯧쯧.'

사운평이 속으로 혀를 차고 있는데 초혜가 다그쳤다.

"알아요, 몰라요?"

"알아."

"그래요? 그런 사람 쓰려면 얼마나 들어요?"

"상대에 따라 다르지. 그런데 상대가 봉천문 사람이라면 꽤 많은 돈을 내야 할걸?"

"많은 돈은 없는데…… 그래도 일단 만나서 흥정을 해 봐야겠어요. 어디 살아요?"

사운평이 천천히 검지를 들어서 자신을 가리켰다.

"여기."

초혜가 눈을 치켜떴다.

"지금 장난해요?"

"아니. 난 진실을 말하고 있는 거야."

사운평은 나름대로 진지하게 말했다. 하지만 그 정도로는 초혜의 믿음을 사기에 역부족이었다.

"진실은 무슨 얼어 죽을 진실……."

초혜가 씩씩거리며 중얼거리자, 임풍이 끼어들었다.

"초 노인을 다치게 만든 자가 누군지 몰라도, 직접 이곳까지 왔다면 높은 간부는 아닐 거요. 그럼 운평이 충분히 상대할 수 있소, 낭자."

사운평은 믿지 못해도 임풍은 믿는 초혜다. 임풍이 할아버지를 살려 주었으니까.

"그게 정말이에요?"

솔직히 임풍도 사운평의 진정한 실력은 모른다. 하지만 그도 무공을 익힌 사람. 게다가 남들이 아는 것보다 강하다.

그럼에도 그는 사운평이 자신보다 강하다는 것을 이미 느끼고 있었다. 약하다면 유대곡 살해범을 추적할 엄두도 내지 못했겠지.

"그렇소. 그리고 나도 나설 거요."

임풍이 확고한 어조로 대답했다. 말려도 나설 것 같은 표정이었다.

잠깐 망설이던 초혜는 그 표정을 보고 절반쯤 결정을 내렸다.

"좋아요. 당신들에게 일을 맡긴다 치고, 얼마를 내야 하죠?"

임풍이 사운평을 바라보았다.

사운평은 이미 임풍에게 흥정을 맡기기로 마음먹은 터였다. 솔직히 여자와 돈 이야기하는 것도 자신이 없었고.

"자네가 알아서 결정해."

알았다는 듯 임풍이 슬쩍 고개를 끄덕이고는 초혜를 바라보았다.

"은자 다섯 냥만 내시오."

"그렇게 싸요?"

'억! 겨우 닷 냥?'

안도하는 표정, 뒤통수를 맞은 표정.

동시에 다른 반응이 나왔지만, 임풍은 한쪽에 대해선 신경도 쓰지 않았다.

"무공을 배워서 힘없는 노인을 구타하는 그런 놈은 돈을 떠나서 반드시 젖값을 받게 해야 하오."

"의원님 말씀이 맞아요. 역시 돈만 밝히는 어떤 사람과 의원님은 다르시네요."

"별말씀을……."

임풍은 미소를 지으며 대답하고는 고개를 돌려 사운평을 바라보았다.

"괜찮지?"

이제 와서 뭐라고 할 건가?

알아서 하라고 해 놓고 딴소리하는 치졸한 인간이 될 순 없는 일.

"뭐, 그 돈이면 굶진 않겠군."

게다가 봉천문이라면 어차피 자신이 조사해야 할 곳이 아닌가.

그렇다고 해서 아쉬움이 완전히 가신 것은 아니지만.

'제길, 내가 말할걸. 오랫동안 술을 만들어 팔았으니 오십 냥은 받아 낼 수 있었을 텐데…….'

그때 초혜가 말했다.

"대신 저도 돕겠어요."

"네가? 할아버지는?"

"장 씨 아저씨하고 오 씨 아줌마라면 잘 돌봐 주실 거예요."

"좋아, 그건 그렇다고 쳐. 너처럼 약한 여자가 뭘 돕겠다는 거야?"

"무시하지 말아요. 저도 무관에서 이 년 동안 무술을 배웠어요. 그리고 마차가 필요할지도 모르잖아요. 마차 모는 것은 누구보다 자신 있어요."

마차를 몰아서 사문통의 비좁은 골목을 마음대로 휘젓고 다닌 걸 생각하면 그녀의 말도 전혀 헛소리는 아니었다.

하지만 사운평은 그녀의 말이 가소로웠다.

'그래서 골목 사이에 끼었어?'

그는 초혜가 끼어드는 걸 원치 않았다.

여자가 끼어들면 부정 탄다는 속설 때문만은 아니다.

청부업은 은밀하게 움직여서 깨끗하게 끝내야 한다. 그런데 그녀가 끼어들면 귀찮은 일이 생길지 모르는 것이다.

"마차가 필요할 일은 없을 것 같은데?"

그런데 임풍이 끝까지 초혜 편을 들었다.

"필요할 때가 있을지도 모르네. 모습을 드러내지 않아야 할 경우, 마차가 있으면 이동할 때 훨씬 수월하지 않겠나?"

"맞아요. 확실히 의술을 익힌 의원님이라서 힘만 쓸 줄 아는 무사와는 생각이 다르시네요."

둘은 죽이 잘 맞았다.

'청부업에 대해 잘 알지도 못하면서 말은…….'

말싸움이 귀찮아진 사운평은 될 대로 되라는 듯 두 사람의 뜻을 받아들였다.

"그럼 알아서 해. 단, 직접 뛰어들 생각은 하지 마. 방해가 되면 곧바로 집으로 돌려보낼 거니까."

"걱정 말아요. 방해되는 일은 하지 않을 테니까요."

"그리고 네 밥은 네 돈 주고 사 먹어."

"남자가 쪼잔하기는……."

"땅을 아무리 깊이 파 봐라. 돈이 나오나, 음식이 나오나."

사운평이 어림없다는 투로 말하자, 이번에도 임풍이 나섰다.

"초 소저만 괜찮다면 그 정도는 내가 내 몫에서 내겠네."

"그러든가."

사운평은 임풍의 초혜를 위하는 마음이 영 마음에 안 들었다.

'연연이처럼 마음씨가 곱고 부드러우면 또 몰라. 얼굴만 예쁘지 선머슴 같은 애가 뭐 좋아서…….'

第九章

봉천문(奉天門)

봉천문은 낙양에서 동남쪽으로 백 리 정도 떨어진 궁산 남쪽 자락에 자리 잡고 있었다.

문주는 양하일사(陽下一師) 위정.

그는 이청산과 어깨를 나란히 하며 하남의 십대고수 중 하나로 불리는 절정 고수였다.

문파의 제자는 삼백여 명 정도. 아주 많지도, 적지도 않았다. 하지만 문도 개개인의 실력이 뛰어나서 대문파들도 함부로 그들을 얕잡아 보지 못했다.

그들에게는 약간 폐쇄적인 면이 있어서 강호의 문파들과 깊은 교류가 없었다. 다만 큰일이 있을 때는 문을 활짝 열고 손님을 맞이했는데, 문주의 생일잔치도 그런 경우 중 하나였다.

그날 오후.

사운평은 황사 바람을 뚫고 봉천문에 도착했다. 임풍과 초혜는 십 리 떨어진 산자락 아래에 마차를 세우고 그 안에서 기다리기로 했다.

아직 범인이 누군지도 모르는 상태. 그가 아는 것은 장 씨가 말해 준 인상착의가 전부였다. 자칫하면 싸움이 벌어질지 모르는 만큼 봉천문에는 혼자 들어갈 생각이었다.

"무슨 일로 오셨나?"

정문 앞을 오가던 위사가 사운평의 위아래를 쓱 훑어보고는 목에 힘을 주고 물었다.

사운평은 최대한 부드러운 미소를 지으며 대답했다.

"내일이 문주님 생신이라고 해서 축하해 드리려고 왔습니다."

위사는 사운평의 위아래를 재빨리 훑어보았다.

먼지를 뒤집어쓴 평범한 감청색 무복, 때가 낀 머리띠, 허리에서 덜렁거리는 칼 한 자루. 아무리 봐도 별 볼 일 없는 삼류 무사였다.

'잔치한다고 하니까 별놈들이 다 얻어먹으러 오는군.'

그래도 위에서 내린 명령이 있으니 냉정하게 쫓아낼 수는 없었다.

"사문은 어떻게 되는가?"

"하, 하. 사부님께서 함부로 밝히지 말라고 엄명을 내리셔서…… 이해해 주십시오."

'같잖은 것들이 비밀은 엄청 좋아한다니까.'

위사는 사운평의 말이 가소로웠다.

그러나 오늘과 내일만큼은 지나가던 개새끼도 박대하지 않는 날이다.

"들어가게. 너무 안쪽으로 들어갔다가 봉변당하지 말고, 반드시 좌측의 객당에 머물도록 하게나."

"알겠습니다. 아! 혹시 봉천문 제자 중에 뻐드렁니가 나고 입술이 살짝 언청이처럼 구겨진 분을 아십니까? 키는 이만한데."

사운평이 손을 들어서 자신의 눈높이에 맞췄다.

위사가 눈살을 찌푸리더니 이름 하나를 말했다.

"조진상 조장 말인가?"

"오전에 낙양을 갔던 분이라면 맞을 겁니다."

"그럼 맞는가 보군. 아침 일찍 나갔다가 한 시진 전에 들어왔으니까."

"그분은 어디 계십니까?"

"왜 그걸 묻는 건가?"

"하하하, 고향 분이라는 말을 들어서 한번 만나보려는 겁니다."

사운평은 입에 침도 안 바르고 연은장에서 했던 거짓말을 써먹었다.

"지금은 바빠서 어디에 있는지 모르겠군. 저 안으로 들어가서 물어보게나."

객당으로 간 사운평은 구석진 건물의 방을 하나 배정받았다.

사운평은 일단 방으로 가는 척하다가 건물을 돌아서 뒷마당으로 나갔다.

'누가 물어보면 뒷간을 찾는다고 하면 되지, 뭐.'

나름대로 대책까지 세운 그는 어슬렁거리며 주위를 돌아다녔다.

많은 외부인들이 들어와 있다 보니 특별한 장소만 아니면 크게 막지 않았다.

“저, 혹시 조진상 조장님이 어디 계시는지 아십니까?”

사운평은 인심이 좋아 보이는 봉천문 무사를 택해서 조진상에 대해 물어보았다.

“조 조장은 왜 찾는 거요?”

되묻는 말투에 날이 서 있었다. 아무래도 조진상이란 자는 사람들에게 인심을 얻지 못한 모양이었다.

하긴 힘없는 노인이나 패는 놈이 오죽할까?

“고향 사람인데, 받아야 할 빚이 있어서 말이죠.”

그 말을 들은 무사의 입가에 당장 비웃음이 떠올랐다.

“빚? 조 조장에게 빚을 받겠다? 용기는 좋은데, 어지간하면 잊으쇼. 빚 대신 주먹이 날아올지 모르니까.”

“그래요? 이상하네, 괜찮은 분이라고 들었는데…….”

“내 충고하는데, 앞으로 상대하지 않는 게 좋을 거요.”

“좌우간 일단 만나보기는 해야겠습니다. 어디 계시는지 알면 좀 알려 주십시오.”

무사는 사운평과 조진상 사이에서 벌어지는 일을 구경하는 것도 재미있겠다는 생각이 들었는지 순순히 알려 주었다.

“저쪽으로 가면 적운대(積雲隊) 대원들의 거처가 있소. 지금이야 그곳에 없겠지만, 조 조장은 적운대의 삼 조장이니 가서 물어보면 어디에 있는지 알려줄 거요.”

"고맙습니다."

사운평은 고맙다는 인사까지 하고도 적운대로 가지 않았다. 가서 만나지 못한다면 괜히 얼굴만 드러낸 셈이 될 뿐이었다.

'일단은 위치를 알아낸 것으로 만족해야겠군.'

사운평이 배정된 방으로 들어갔을 때, 안에는 삼류 무사처럼 보이는 자들이 다섯이나 선객으로 있었다.

남은 침상은 셋. 사운평은 그중 하나를 차지하고 앉았다.

"어이, 자네는 어디서 왔는가?"

창가에 있던 삼십 대 장한이 물었다. 인상이 제법 우락부락한 자였다. 아마 인상만으로 경지를 정한다면 능히 일류 고수도 될 수 있을 듯했다.

"정주 쪽에서 왔소."

"봉천문의 제자가 되려고 왔나?"

"뭐, 상황을 봐서 결정할 생각이오."

"어설픈 실력으로는 봉천문 사람이 될 수 없네. 그 정도는 알고 왔겠지?"

"나도 칼은 남 못지않게 다룰 줄 아오."

"사문이 어떻게 되는가?"

"딱히 사문이라고 할 것은 없고, 그냥 어릴 때부터 동네에서 스승님께 배웠소."

"동네에서 놀던 실력으로는 어림도 없을 거야."

"걱정 마소. 내가 놀던 동네에서는 나를 이기는 자가 없었었으니까."

다른 침상에서 두어 명이 낄낄거리며 웃었다. 가소롭다는 듯.

"크크크. 그 자식, 말은 잘하는군."

"저러다 고수를 만나서 된통 혼나면, '아이고, 아버지!' 하면서 도망칠걸?"

"낄낄낄낄."

우락부락한 인상의 장한이 그들을 향해 눈을 부라렸다.

"어허, 그만들 하게. 이제 막 푸른 꿈을 품고 세상으로 나온 청년의 기를 죽이면 되나?"

하지만 그의 말에도 다른 장한들은 계속 사운평의 속을 긁었다.

"구 형도 참. 동네에서 놀던 실력으로 봉천문의 무사가 되겠다고 찾아온 놈에게 무슨 관심이 그렇게 많습니까?"

"체격이 쓸 만하잖아. 열심히 수련을 한 모양일세. 혹시 아나? 진짜 고수일지."

"진짜 고수가 다 말라비틀어졌나 봅니다. 저 친구가 진짜 고수면 나는 절정 고수겠네요."

사운평은 속이 끓었지만 소란을 일으키고 싶지 않아서 못 들은 척했다.

'그래, 오늘은 마음대로 씹어라.'

그때 우락부락한 인상의 장한이 씩 웃으며 말했다.

"나는 구광이라 하네. 비록 며칠간의 인연일 뿐이지만 잘 지내보세."

사운평도 구광이라는 자는 그리 싫지 않았다. 얼굴만큼이나 성격도

시원시원해 보였다.

"그럽시다. 나는 운평이오."

사운평은 그날 그렇게 구광을 만났다.

* * *

사운평은 석양이 지기 전에 다시 객당의 뒤쪽을 어슬렁거렸다.

오후 내내 바빴던 봉천문 무사들이 저녁 식사를 앞두고 각자의 자리로 돌아가고 있었다. 조진상도 적운대로 돌아갔을지 몰랐다.

다행히 봉천문 제자들도 긴장이 풀린 상태여서 사운평이 적운대까지 가는 동안 막는 사람은 없었다.

칼도 방에 놓고 나온 터라 빈손의 그를 보고 별다른 의심을 품지 않았다.

재빨리 적운대의 거처를 둘러본 그는 마침 서른 살가량의 무사 하나가 적운대 쪽으로 걸어가는 게 보이자 그에게 다가갔다.

그자도 사운평을 발견하고는 걸음을 멈추고 고개를 돌렸다.

"당신은 본 문의 사람이 아닌 것 같은데, 왜 이곳까지 들어온 거요?"

"조진상 조장님을 만나러 왔습니다."

사운평이 밝은 웃음을 지으며 말했다. 정말 오랜만의 웃음이었는데 그리 어색하게 느껴지진 않았다.

'도도 누나가, 나도 웃으면 어디 내놓아도 빠지지 않는 얼굴이라고 하셨는데…….'

그런데 조진상도 어지간히 찍힌 모양이다.

그의 이름이 나오자마자 무사의 얼굴이 심한 변화를 보였다. 마치 들어선 안 될 이름이라도 듣고 귓속이 더러워진 것처럼.

하지만 대놓고 말하지는 못하고 슬쩍 돌려서 말했다.

“그 양반을 안다면서 찾아오는 사람이 있을 줄은 몰랐군.”

마치 희귀한 동물을 보듯이 사운평을 위아래로 훑어본 무사가 더 말하기도 싫다는 듯 고개를 돌렸다.

“잠깐 기다려 보쇼.”

무사가 삼 조원의 거처로 들어간 지 얼마 되지 않아서 삼십 대 중반으로 보이는 자가 방에서 나왔다.

뻐드렁니에 입술이 찢어진 자. 장 씨의 설명과 똑 닮은 자였다.

“네가 나를 찾아왔다고?”

조진상은 처음부터 반말로 아랫사람을 대하듯이 말했다.

사운평은 속이 부글거렸지만, 꾹 참고 대답했다.

“그렇습니다, 조 조장님.”

“나는 너를 처음 보는데?”

“실은 조 조장님께 긴히 할 말이 있어서 왔습니다.”

“할 말이라니?”

“오늘 오전에 양조장을 하는 초 노인 집에 다녀오지 않으셨습니까?”

움찔한 조진상이 싸늘한 눈빛으로 사운평을 노려보았다.

“네가 그걸 어떻게 알지?”

"그야 말을 들었으니까 알지요. 그보다……."

목소리를 죽인 사운평이 주위를 쓱쓱 둘러보고는 나직하게 말을 이었다.

"초 노인에게 예쁜 손녀가 있다는 건 아실 겁니다."

"물론 알긴 안다만……."

"그 애가 조 조장님을 뵙고 싶어 합니다."

"초 늙은이의 손녀가?"

조진상도 초혜를 본 적이 있었다. 성깔이 만만치 않아서 직접 건들지는 못했지만, 몸매나 얼굴은 침이 꿀꺽 넘어갈 정도로 끝내줬다.

"그 계집이 왜 나를 보자는 거지? 혹시 초 노인이 다친 것 때문에 그러는 거냐?"

다친 게 아니다. 맞은 거지.

'개자식, 장 씨가 보지 않았으면 끝까지 발뺌했을 놈이군.'

사운평은 조진상을 당장 초 노인처럼 만들어 버리고 싶었지만, 화를 내는 대신 거꾸로 웃었다.

"그렇습니다. 그 일 때문에 잔뜩 겁을 먹고는, 지금이라도 술을 팔겠다면서 마차에 술을 가득 싣고 동가라는 마을에 있습니다."

"그래?"

"물론…… 혼자 있습죠."

그 말을 들은 순간, 조진상의 쥐눈이 번들거렸다.

초혜라는 계집이 혼자 있단 말이지?

"그게 정말이냐?"

"제가 뭐하러 거짓말을 하겠습니까?"

"그런데 너는 그 아이와 무슨 사이기에 나를 찾아와서 그 말을 하는 거냐?"

조진성이 의심의 눈초리로 사운평을 응시했다. 꼴에 봉천문의 조장이랍시고 무작정 따라나서지는 않았다.

사운평은 사실과 거짓을 절반씩 섞어서 말했다. 씩 미소까지 지으며.

"저는 심부름꾼입죠. 그 말을 전해 주기로 하고 은자를 받았습니다. 바빠서 가실 수 없다면 지금 말씀해 주십시오. 제가 가서 초혜에게 말을 전하겠습니다."

조진상은 넝쿨째 굴러온 호박을 포기할 정도로 욕심이 없는 자가 아니었다.

"아니다. 마침 맡은 일도 다 끝났으니 함께 가 보자."

*　　*　　*

봉천문을 나선 사운평은 조진상과 함께 동가로 향했다.

오 리를 갈 동안 사운평은 아무 말도 하지 않고 묵묵히 걷기만 했다.

답답했는지 뒤따라가던 조진상이 먼저 입을 열었다.

"그 계집에게 얼마나 받기로 했지?"

"닷 냥."

사운평의 목소리가 무뚝뚝했지만, 조진상은 초혜에게 정신이 팔려서 수상함을 느끼지 못했다.

"그래? 그럼 그중 반은 나에게 줘야겠다."

"반? 왜 줘야 하지?"

"그야 내가 네 청을 거부했으면 너는 그 돈도 못 받을 것 아니냐? 그러니 반은 나에게 줘야지."

"도적놈."

"뭐?"

"내가 지금까지 살면서 너 같이 더러운 놈은 처음 본다."

"뭐야? 이 자식이!"

조진상이 눈을 치켜뜨고는, 앞서 가는 사운평의 뒤통수를 갈겼다.

그러나 사운평의 신형이 바람에 밀리듯 옆으로 미끄러지면서 그의 주먹은 허공만 갈랐다.

그 직후 돌아선 사운평의 주먹이 조진상의 옆구리를 후려쳤다.

그야말로 번개 같은 주먹질이었다. 게다가 조진상은 방심하고 있던 터. 피하고 자시고 할 틈도 없이 쇠망치 같은 주먹이 옆구리 깊숙이 꽂혔다.

퍽!

조진상은 입을 떡 벌린 채 눈을 최대한 크게 뜨고 허리를 숙였다.

창날이 배 속을 쑤시고 들어온 것처럼 강렬한 충격에 신음조차 내뱉을 수가 없었다.

사운평은 이어서, 허리를 숙인 조진상의 무릎을 사정없이 발로 내질렀다.

두둑!

무릎뼈가 박살 나는 소리와 함께 조진상의 입에서 신음 같은 비명이 터져 나왔다.

"끄어어억!"

"벼룩의 간을 빼먹지. 안 그래도 다섯 냥밖에 못 받아서 열 받는데, 거기서 반을 달라고? 이런 도적놈!"

사운평은 그게 무엇보다 큰 이유라도 되는 것처럼 씩씩거리며 조진상을 팼다.

조진상이 나름대로 일류 고수라 하나 방심하다가 일격을 맞고부터는 항거불능의 상태였다.

사운평은 잘근잘근 밟는다는 말이 무슨 뜻인지 자신이 직접 보여주었다.

그러고는 화가 가라앉았을 즈음에는 조금 후회했다.

"제길, 너무 팼나? 초혜가 자신의 손으로 직접 복수하겠다고 했는데, 이렇게 해서 가져가면 뭐라고 하는 거 아냐?"

조진상은 옆구리를 맞았을 때 갈비뼈가 몇 대 나가고, 그 이후 무릎뼈마저 부러진 상태였다.

거기다 몇 대 더 맞으면서 온몸이 엉망이 되었다. 자세히 보지 않으면 얼굴도 못 알아볼 정도였으니까.

그 몸으로 지금은 숨만 겨우 쉬고 있었다.

"그러게 왜 반을 달라고 해? 그 말만 안 했어도 곱게 데려가서 몇 군데만 부러뜨렸을 텐데 말이야."

물론 그 후에는 죽였을지 모른다. 살려 두면 후환이 있을 테니까.

그래도 어쨌든 지금보다는 나은 상태로 죽을 것 아닌가?

"젠장, 별수 없지."

원상태로 되돌릴 수 없는 이상은 다른 방법이 없다. 이대로 데려가는 수밖에.

그는 조진상의 한쪽 발을 잡고는 질질 끌고 갔다.

가다가 죽으면 어쩔 수 없지.

문득 그 생각을 하던 사운평의 얼굴에 웃음이 떠올랐다.

'그래, 이렇게 죽이는 방법도 있겠는데? 그럼 내가 굳이 직접 죽이지 않아도 되잖아?'

마침내 사람을 죽일 수 있는 방법을 찾아낸 건가?

나중에 정말 그렇게 할 수 있을지 어떨지 알 순 없지만 당장은 가능할 것 같았다.

전에 이연연을 죽이려 할 때도 칼만 푹 쑤시면 된다고 생각했던 것처럼.

사운평이 조진상을 끌고 마차가 있는 곳에 도착했을 때는 이미 사위가 어두워진 상태였다.

산자락 아래에서 기다리고 있던 초혜와 임풍은 사운평이 도착하자 마차에서 나왔다.

그때까지 조진상은 끈질기게 숨을 쉬었다.

그런데 사운평이 우려했던 것처럼 조진상을 본 초혜가 눈을 치켜떴다.

"이게 뭐예요?"

"뭐긴 뭐야? 조진상이지."

"왜 이렇게 걸레가 되었어요?"

"끌고 오다 보니까 그렇게 됐어. 그래도 아직 살아 있잖아?"

"제압해서 데려오라고 했지, 누가 이렇게 걸레를 만들라고 했어요?"

"네가 뭘 모르나 본데, 조진상은 적운대의 조장이야. 강호에서 주먹 좀 쓰는 자지. 그런데 순순히 나에게 당하겠어?"

"아무리 그래도 그렇지, 이건 너무 했잖아요?"

"나도 이렇게까지 만들고 싶진 않았다고."

"혹시 다른 이유가 있었던 것 아니에요?"

사운평은 제풀에 놀라서 흠칫했다. 하지만 곧 표정을 추스르고 고개를 저었다.

"이유는 무슨 이유가 있어? 좌우간 나는 이놈을 데려왔으니까 임무를 완수한 거야."

초혜도 더 이상 사운평을 다그치지 못했다.

조진상이 꿈틀거리며 신음을 흘리고 있었다.

그 모습을 보자 분노가 끌어 올랐다.

퍽!

늘씬한 초혜의 다리가 어둠을 휘저으며 조진상의 얼굴을 후려 찼다.

"걸레라고 해서 못 때릴 줄 알아?"

"끄으으으."

조진상이 죽어 가듯이 신음을 흘렸다. 그러다 잠깐 정신이 들은 듯 사력을 다해서 몇 마디 내뱉었다.

"저, 절반…… 달라고…… 안 할 테니…… 제, 제발…… 살려…….”

재차 발로 차려던 초혜가 멈칫하고는 사운평을 돌아다보았다.

사운평은 어둠으로 물든 하늘을 바라보며 별을 세고 있었다.

“무슨 말이죠?”

“응? 뭐가?”

“절반 달라고 안 한다는 게 무슨 말이냐고요.”

“아, 그거? 그 도적놈이 다섯 냥 중 절반을 달라고 하잖아. 그래서 못 준다고 했지.”

“그래서 이렇게 걸레로 만든 거예요? 그 절반 때문에?”

“뭐 꼭 그런 것은 아니고…….”

말을 길게 끌며 잠시 머리를 굴린 사운평이 그나마 괜찮다 싶은 핑곗거리를 찾아냈다.

“그놈이 초혜를 욕심내더라고. 그 말을 듣고 화가 나서 좀 팼지.”

“왜 당신이 그 말에 화를 낸 건데요?”

“그럼 화가 안 나겠어? 저 쥐새끼 같은 도적놈이 꽃 같은 초혜를 욕심내는데. 언감생심(焉敢生心), 제까짓 게 어디서 감히 초혜를 넘봐?”

분노가 절절이 느껴지는 목소리, 과장된 몸짓으로 소리친 사운평은 나름대로 멋지게 위기를 탈출했다고 생각했다. 훗날 그 말이 자신에게 덫이 될 거라는 건 꿈에도 생각지 못하고.

다행히 그의 말이 먹혔는지 초혜도 더 이상 그를 다그치지 않았다.

‘후, 하마터면 쪽팔릴 뻔했네.’

그때였다.

퍽!

임풍이 조진상을 냅다 차 버렸다.

"이런 개자식이 어디서 누굴 넘봐?"

평소의 수더분한 인상은 어디로 가고 사천왕상을 방불케 하는 험악한 표정이었다.

초혜가 그런 임풍을 말렸다.

"됐어요, 의원님."

"이놈은 몇 대 더 맞아야 하오, 초 소저."

"이미 많이 맞은 데다 뼈까지 부러져서 곧 죽을 자예요."

"그럼 이대로 놓아줄 거요? 나에게 맡기시오. 내가 숨통을 끊어서 묻어 버리겠소."

놓아주면 복수를 하겠다고 초혜를 찾아갈지 모른다. 임풍은 그 점이 걱정되었다.

그런데 초혜가 싸늘한 표정으로 말했다.

"아뇨. 제 손으로 죽일 거예요."

초혜는 그 말을 하고 돌아서서는 마차 안에서 철검을 꺼냈다.

사운평과 임풍은 눈만 멀뚱히 뜨고 그녀를 쳐다보았다.

설마 그녀가 직접 조진상을 죽이겠다고 할 줄이야.

'진짜 죽일 수 있을까?'

사운평은 그 점이 궁금해서 눈 한번 깜박이지 않고 쳐다보았다.

스릉.

초혜가 이를 악물고 철검을 뽑아서 하늘 높이 들었다.

"할아버지를 그렇게 만든 복수야. 지옥에 가더라도 나를 원망하지

마.”

차가운 목소리로 나직이 뇌까린 그녀는 추호도 망설이지 않고 검을 힘껏 내리꽂았다.

푹!

철검이 조진상의 가슴에 깊숙이 꽂혔다.

“끄으으으으.”

조진상은 몸을 부르르 떨며 신음을 흘리더니 그대로 늘어졌다.

그때까지도 사운평은 눈을 깜박이지 않았다.

‘정말 독한 여자군.’

자신이라면 할 수 있을까?

솔직히 자신이 없었다.

왠지 진 것 같은 기분. 사운평은 찝찝한 그 기분을 만회하기 위해서 그녀를 향해 손을 저었다.

“그만 물러서. 그놈을 아무도 찾을 수 없게 깊숙이 묻어 버려야 하니까.”

*　　*　　*

조진상을 깊숙이 파묻어 버린 사운평은 임풍과 초혜를 낙양으로 보내고 자신은 다시 봉천문으로 돌아갔다. 아직 할 일이 남아 있었다.

방을 나간 지 한 시진이 지나서 돌아온 사운평을 보고 구광이 의아한 표정으로 물었다.

“어딜 다녀온 건가?”

"봉천문 조장이라는 작자가 시킬 일이 있다고 해서 밖에 나갔다 왔습니다. 제길, 내가 뭐 심부름꾼으로 온 줄 아나? 나도 엄연히 손님인데 왜 귀찮은 일을 시키는 거야?"

사운평은 투덜거리며 자신의 침상으로 가서 벌렁 드러누웠다.

칼이 본래의 위치에서 한 자가량 이동해 있었다. 누군가가 만지작거린 모양이었다.

하지만 그는 그 일로 다투고 싶지 않아서 따지지 않았다.

'없어지지 않은 것만도 다행으로 생각해야지, 뭐.'

그런데 구광이 멋쩍은 표정으로 말했다.

"자네 칼, 내가 구경 좀 했네. 정말 멋진 칼이더군. 마음대로 만져서 기분 상했다면 미안하네."

'솔직한 면이 있는 사람이군.'

사운평은 구광의 그런 면이 마음에 들었다.

"괜찮습니다. 칼 좀 만진 걸로 따질 만큼 속 좁은 사람은 아닙니다."

"하하하, 나도 자네가 그 정도로 쪼잔한 사람은 아니라고 봤지."

확실히 여자보다는 남자가 자신을 알아준다. 초혜는 자신을 쪼잔하다고 했는데.

기분이 한결 나아진 사운평은 흐뭇한 마음으로 말을 걸었다.

"구 형은 봉천문 사람이 되려고 왔습니까?"

"기회가 되면 그럴까 했지. 그런데 내가 생각했던 봉천문과는 조금 다른 것 같아서 아직 결정을 못 내렸네."

"다르다니요? 뭐가 말입니까?"

"해 질 녘에 심심해서 밖에 나갔다가 몇 사람이 지나가는 것을 봤네. 가까운 거리가 아닌데도 예사롭지 않은 기운이 느껴지더군. 거 왜 있지 않은가? 고수들만이 지닌 그런 기운 말이야."

사운평은 구광을 말을 들으며 상체를 일으켰다. 왠지 모를 느낌이 그를 잡아끌었다.

"그래서요?"

"봉천문의 장로들이 나와서 그들을 극진히 맞이하더군. 거의 저자세에 가깝게."

"장로들이 그리 대했다면 대단한 인물들인가 본데요?"

"솔직히 나도 나름대로 강호의 고수들에 대해서 조금은 안다고 자부하는데, 그들에 대해서는 아무리 생각해도 모르겠지 뭔가. 그래서 마침 근처에 봉천문 무사가 있어서 물어봤더니, 그도 잘 모른다고 하더군."

"이상하군요. 구 형이 멀리서 강한 기운을 느꼈을 정도면 절정 고수라는 말인데, 그럼 이름이 많이 알려진 자일 텐데요."

"그러게 말이야. 그래도 그들이 어디에서 왔는지는 알아냈지."

"그래요? 어디서 왔답니까?"

"천의산장."

순간적으로 사운평의 눈빛이 반짝였다.

'천의산장에서도 봉천문 문주의 생일잔치에 축하 사절을 보냈나 보군.'

구광은 사운평의 눈빛을 보지 못하고 어깨를 으쓱하며 마저 말을 이었다.

"하긴 뭐, 천의산장에서 온 사람이라면 내가 모를 수도 있지. 그곳에는 이름이 알려지지 않은 고수들이 많다고 소문났으니까."

"아무리 그래도 봉천문의 장로가 이름도 알려지지 않은 자들에게 저자세를 보인 것은 좀 의외군요."

"바로 그거야. 나도 그 점이 마음에 안 들어서 망설이고 있는 거네. 아무리 천의산장이 대단하다 해도 봉천문이라면 크게 뒤지지 않을 거라 생각했는데……."

"그러게요. 저도 그렇게 생각했는데, 구 형의 말대로라면 생각을 달리 해 봐야 할 것 같은데요?"

사운평이 짐짓 구광의 말에 박자를 맞춰 주는데, 누워 있던 장한 하나가 일어나며 실소를 터트렸다.

"훗, 봉천문에 입문할 실력은 되고?"

"길고 짧은 거야 대보면 알겠죠."

"네 실력을 너무 과대평가하는 거 아냐?"

"제가 말이죠, 다른 건 몰라도 칼 하나는 좀 씁니다."

"그래? 어디 얼마나 잘 쓰는지 한번 보여 줄래?"

장한이 비릿한 조소를 지은 표정으로 얼굴을 내밀었다.

사운평이 그 말에 입꼬리를 말아 올리며 옆에 있는 도를 잡았다.

"보여 달라면 못 보여 줄 것도 없죠."

찰나!

쉬악!

등잔 불빛으로 침침하던 방 안에 한 줄기 선이 그어졌다.

얼굴을 내밀었던 장한은 석상이라도 된 것처럼 꼼짝도 하지 않았다.

마치 혼이 두 동강 난 사람 같았다.

그때 그의 이마에 늘어져 있던 머리카락 두어 가닥이 얼굴을 타고 미끄러지며 하늘하늘 떨어졌다.

철컥.

칼을 회수한 사운평이 무미건조한 목소리로 나직이 말했다.

"마음에 들었는지 모르겠군요."

그제야 장한이 침을 꿀꺽 삼키고는, 한 걸음 물러서며 고개를 끄덕였다. 창백하게 질린 얼굴. 입술이 달라붙었는지 말을 못 했다.

"후우, 정말 굉장한 쾌도군."

구광이 뒤늦게 감탄한 표정으로 말하며 머리를 설레설레 저었다.

빠르기만 한 게 아니다. 이마 앞에서 흔들리던 머리카락만 정확히 잘랐다.

냉정함과 단호함, 거기에 정교함이 갖춰지지 않았다면 시도조차 할 수 없는 굉장한 일도.

사운평을 바라보는 방 안의 다른 무사들 표정이 조금 전과 완전히 달라졌다.

낮에 사운평을 비웃었던 사람들은 슬그머니 고개를 돌리고 눈을 마주치려 하지 않았다.

'진즉에 한 수 보여 줄 걸 그랬군.'

사운평은 내심 만족하며 구광에게 물었다.

"구 형. 그 천의산장에서 왔다는 사람들, 어떻게 생겼습니까?"

*　　　*　　　*

해시(亥時) 무렵. 사운평은 뒷간을 간다며 방을 나섰다. 방 안의 사람들은 그가 나가든 말든 일절 관여하지 않았다.

뒷간이 있는 뒷마당을 어슬렁거리던 사운평은 주위에 아무도 없다는 판단이 서자 비류무영신법을 펼쳤다.

전과 달라진 무위만큼이나 신법의 오묘함도 달라졌다.

그의 몸이 어둠에 동화되면서 사라지고, 동시에 어둠 속에서 한 줄기 바람이 흘렀다.

단숨에 건물 두 개를 넘어간 사운평은 지붕 그림자 속에 몸을 숨긴 채 앞을 노려보았다.

앞쪽에는 이 층으로 된 커다란 건물이 위용을 자랑하며 서 있었다.

봉천문의 대소사를 관장하는 봉천전(奉天殿)이었다.

밤이 늦은 시각인데도 사람들이 분주히 오가고 있었다. 안에서는 웃음소리도 들렸는데, 아마도 봉천문의 주요 인사들이 찾아온 손님들과 술자리를 벌이는 듯했다.

사운평은 어둠에 동화된 채 기다렸다.

봉천전은 회의와 집무를 보는 건물. 문주와 간부들의 거처는 따로 있다. 손님들의 거처인 영빈전(迎賓殿)도.

그러니 안에 들어간 자들도 언젠가는 나올 수밖에 없다. 천의산장의 사람들이 밤새 술을 마시지 않는 이상은.

사운평은 만고점에서 봤던 천의산장에 대한 정보를 하나하나 떠올리며 그들이 나오기를 기다렸다.

'왠지 수상한 냄새가 나. 강호에 알려진 것보다 훨씬 비밀이 많은 곳 같군.'

해시가 거의 다 지나갈 즈음이 되어서야 봉천전의 술자리가 끝났다.

사람들이 하나둘 나오기 시작했다. 개중에는 봉천문 문도의 복장을 한 자들도 있고, 외부인처럼 보이는 자들도 있었다.

사운평은 그들 중 네 사람을 주시했다.

구광이 말한 자들과 행색이 일치하는 자들, 천의산장의 사람들을.

중년인 둘과 장한 둘.

중년인 중 백의를 입은 자는 족히 쉰 살이 넘어 보였고, 청의를 입은 자는 사십 대 초반쯤 될 듯했다. 백의 중년인은 무기가 없고, 청의 중년인은 도를 등에 메고 있었다.

또한 삼십 대 장한은 둘 다 검을 메고 있었는데, 중년인들만은 못해도 제법 날카로운 기세가 느껴지는 자들이었다.

'천의산장, 생각보다 더 대단한 곳 같은데?'

사운평은 그들 자체보다 천의산장이라는 곳 때문에 더 놀랐다.

봉천문 사람들 중에도 고수가 없는 것은 아니었다. 장로들은 능히 절정 수준에 오른 절정 고수였다. 그러나 그들조차 천의산장의 두 중년인에 비하면 무게감이 떨어졌다.

그래서 의문이었다.

'유대곡을 죽이기 위해서 장로급 간부들만 엄선해 보냈다는 것은 말이 안 돼.'

아무리 보물을 취하려 했다고 해도 어느 문파가 그런 일에 간부들을 총동원한단 말인가?

더구나 그 보물이라는 것이 겨우 책 한 권이라면 그 가능성은 더 떨어진다.

'그렇다면……?'

사운평의 시선이, 봉천전을 돌아서 영빈전으로 향하는 천의산장의 사람들 쪽으로 향했다.

'젠장, 여차하면 진짜로 힘든 싸움을 벌여야 할지 모르겠군.'

봉천문과 천의산장은 급이 다르다. 일이 커질 경우 검천성까지 엮여 들지 모르는 일.

역시 세상에 공짜는 없는가 보다.

하긴 청부 한 건으로 금자 이백 냥을 번다는 게 어찌 쉬운 일이랴.

'그렇다고 해서 포기할 순 없지.'

천의산장이 두렵지 않아서?

솔직히 그게 아니다. 포기하면 받은 돈의 두 배를 물어줘야 한다.

미쳤지, 그걸 왜 물어줘?

한편으로는 한 푼 값어치도 없는 호승심이 잠들어 있는 투지를 자극했다.

'내가 바로 그 빌어먹을 비천문 살천류의 후계자라는 것 아니겠어?'

第十章

천의산장(天意山莊)

봉천문 문주 위정의 생일잔치는 시끌벅적하게 치러졌다.

하루 종일 곳곳에서 술판이 벌어졌고, 한쪽에 설치된 비무대에서는 너도 나도 나서서 무공을 자랑했다.

때로는 원한 관계에 있는 자들이 진짜 대결을 벌이기도 했는데, 심판으로 나선 봉천문의 장로들이 적절한 선에서 멈추게 했다.

그렇게 잔치가 최고조에 달한 신시(申時) 초. 청의를 입은 무사 하나가 급박하게 달려왔다.

봉문천 안으로 뛰어들듯이 들어온 그자는 비무대 쪽을 둘러보더니, 봉천문주 위정과 함께 자리하고 있던 천의산장 사람들에게 다가갔다.

한편, 사운평은 멀찌감치 떨어진 곳에서 비무대 건너편에 앉아 있는 사람들을 차근차근 살펴보고 있었다.

봉천문주 위정을 비롯해서 봉천문의 간부 대부분이 나와 있었다. 천의산장의 사람들과 강호의 명숙들도 다수 앉아 있었고.

'역시 내 생각이 맞았어.'

봉천문 간부들 중 절정 고수라 생각되는 자들은 열 명 정도. 그중 자신의 마음을 충족시킬 수 있는 자들은 위정을 제외하고 네댓 명에 불과했다.

그들을 모두 동원해서 유대곡을 죽이진 않았을 터. 그렇다면 봉천문은 범인이 아니라고 봐야 했다.

사운평이 나름대로 결론을 내렸을 때, 한 사람이 다급한 걸음걸이로 천의산장 사람들에게 다가갔다.

사운평은 눈을 떼지 않고 그 광경을 지켜보았다.

'무슨 일이지?'

사정을 정확히 알 순 없었다. 다만 급박한 일이 생긴 것은 분명해 보였다.

그가 보고 있는 사이, 천의산장 사람들에게 다가간 장한이 보고를 하듯 말을 건넸다.

그 직후 천의산장 사람들이 자리에서 일어나더니 위정에게 작별 인사를 건넸다. 그러고는 위정이 붙잡을 새도 없이 돌아섰다.

사운평은 본능적으로 그들을 따라서 움직였다.

"어이, 어디 가는가?"

구광이 그를 향해 소리쳤다.

고개를 돌린 사운평은 미소를 지으며 대충 대답했다.

"한곳에만 있으니 답답해서요. 구 형은 구경하고 계십시오."

그런데 구광이 눈치도 없이 그가 있는 쪽으로 다가왔다.

"그래? 그럼 나도 함께 가세."

거부할 틈도 없었다. 더구나 천의산장 사람들이 정문 쪽으로 빠르게 걸어가고 있는 터라 구광과 말씨름할 여유도 없었다.

구광은 나중에 따돌려도 되는 일. 사운평은 일단 천의산장 사람들을 뒤따라갔다.

눈치 없는 구광은 그의 뒤를 따라오고.

"어딜 가려고 그러는가?"

그냥 매몰차게 대해서 떨어뜨릴까?

문득 그런 생각이 든 사운평은 표정을 싸늘하게 굳히고 고개를 돌렸다.

구광이 바쁘게 뒤따라오며 헤벌쭉 웃고 있었다.

험상궂긴 해도 나름대로 순진한 면이 보이는 얼굴. 그 웃는 모습을 보니 차마 심하게 말할 수가 없었다.

"이곳에 남을 것이 아니라면 밤이 되기 전에 떠날 생각입니다."

"그래? 그럼 함께 가세. 하룻밤 함께 지냈을 뿐인데 왠지 모르게 자네가 마음에 드는군. 하하하."

사운평도 구광이 싫진 않았다. 하지만 그에게는 할 일이 있고, 자칫하면 구광의 존재가 자신의 일에 방해될 수도 있었다.

그런데 그가 동행을 거부하기 전에 구광이 몇 마디 덧붙였다.

"정주에서 왔으면 이쪽 지리는 잘 모를 수도 있겠군. 어디든 가고 싶은 곳 있으면 말만 하게. 중원의 지리라면 내가 쫙 꿰고 있으니까."

그래?

그렇다면 구광을 써먹을 데가 있을 것도 같다.

여차하면 구광을 보내서 임풍에게 자신의 위치를 알려 줘도 되고, 천의산장 사람들을 멀찌감치 뒤따라가다가 길을 잃으면 길잡이로 이용할 수도 있지 않겠는가.

재빨리 머리를 굴린 사운평은 굳은 얼굴을 풀었다.

"그럼 함께 가시죠."

사운평은 백여 장의 거리를 두고 천의산장 사람들을 뒤따라갔다.

구광이 뒤늦게 이상함을 느끼고 의아한 표정으로 물었다.

"왜 저 사람들을 따라가는 건가?"

"어차피 갈 곳이 정해진 것도 아니지 않습니까? 저 사람들을 따라가다가 방향을 틀어도 되고, 아니면 이 기회에 천의산장이나 구경해 보죠, 뭐."

구광도 사운평의 생각에 찬성했다.

"그것도 괜찮은 생각이군. 전에 가 봤는데, 천의산장은 정말 멋진 곳에 있다네."

*　　*　　*

봉천문이 있는 궁산에서 천의산장까지는 백이십 리 길이었다.

절반쯤 갔을 때 천의산장 사람들과는 이백 장 정도 떨어진 상태였다. 그나마 구광이 지리를 잘 알아서 멀리 떨어져도 놓치지 않았다.

그런데 임여라는 마을을 지척에 두었을 때였다.

굽이진 고개를 넘어가던 사운평과 구광이 갑자기 걸음을 멈추었다.

천의산장 사람들이 얼마 떨어지지 않은 곳에 서 있었다. 그들을 향해서 돌아선 채.

사운평은 멈칫했던 걸음을 태연히 옮기며 그들에게 다가갔다.

그들과의 거리가 삼 장쯤 되었을 때, 나중에 봉천문을 찾아온 장한이 인상을 쓰며 물었다.

"너희들은 누군데 계속 우리 뒤를 따라오는 것이냐?"

사운평이 걸음을 멈추고 대답했다.

"우리도 갈 길을 가는 것뿐이오. 설마 우리가 당신들을 따라가는 거라 생각하는 거요?"

"한 시진 넘게 일정한 거리를 유지한 것에 대해서는 뭐라고 변명할 거냐?"

"그거야 당신들과 우리의 걷는 속도가 비슷할 수도 있지 않소?"

장한의 표정이 차가워졌다.

"나는 네 말을 믿을 수 없다. 우리는 일반적으로 걷는 것보다 훨씬 빠르게 걸었다. 한 시진 이상 그 속도를 따라오고도 우연이라면 지나가던 개도 안 믿을 거다."

"나도 걸음이 좀 빠른 편이오. 그리고 지나가던 개가 있으면 한번 물어보시오. 우연인지, 아닌지."

쉰 살이 넘게 보이는 백의 중년인이 그 말을 듣고 실소를 지었다.

"훗, 재미있는 젊은이군."

하지만 장한은 웃음이 아니라 화가 났다. 자신이 한 말을 빗대서 개 운운하는 것만 봐도 놀리겠다는 뜻이 아니고 무엇이겠는가.

"순순히 말해선 입을 열 놈이 아닌 것 같군."

장한이 등 뒤의 검을 빼 들었다.

사십 대 청의 중년인이 그에게 말했다.

"너무 심하게 다루지는 말고, 일단 그자의 의도부터 확인해 봐라."

"예, 유수 어른."

장한은 짤막하게 대답하고 사운평을 향해 걸음을 내디뎠다.

그때였다.

사운평이 척! 손을 들어서 장한을 멈추게 했다.

"잠깐!"

"또 뭐냐?"

"사실대로 말하겠소."

장한의 입가에 조소가 맺혔다.

그럼 그렇지, 이제야 이놈이 겁을 먹었나 보군.

그렇게 생각한 장한이 턱을 쳐들고 물었다.

"좋아, 마지막 기회를 주마. 왜 우리를 따라왔지?"

"혹시 천의산장에서 나오신 분들이 아니오?"

"당연히 알고 따라왔을 것 아니냐?"

"당신, 나와 만난 적 있소?"

"뭐?"

"나는 당신은 물론 저분들도 만난 적이 없소. 그런데 어떻게 내가 당신들이 천의산장 사람들이라는 걸 안단 말이오?"

"그럼 모르면서 따라왔단 말이냐?"

"나는 당신들이 천의산장 사람들일지 모른다는 말만 들었을 뿐이오.

그래서 당신들이 천의산장 사람들이냐고 물어본 거고. 다시 묻겠소. 천의산장에서 나오신 분 맞소?"

장한은 식었던 열이 슬슬 오르며 머리가 다시 뜨거워졌다.

어떻게 된 것이 거꾸로 추궁하는 모양새다.

장한은 끓어오르는 감정을 억누르고 냉랭히 대답했다.

"맞다. 우린 천의산장에서 나왔다."

"역시! 내 생각이 맞았군. 구 형, 내가 뭐라 그랬습니까? 천의산장 사람들이라고 하지 않았습니까?"

사운평이 구광을 돌아다보며 너스레를 떨었다.

바짝 긴장하고 있던 구광은 뭐가 어떻게 돌아가는지 알 수가 없었다.

원래 알고 따라오지 않았던가?

그래도 강호 경험이 많은 그답게 눈치는 있어서 재빨리 사운평의 말을 거들었다.

"어? 어, 그랬지. 정말 자네 말대로 천의산장 분들이셨군."

그렇다는데 뭐라고 하랴?

장한은 숨을 깊게 들이쉬어서 마음을 가라앉히고 사운평을 노려보았다.

"단순히 그것을 확인하기 위해서 따라왔단 말이냐?"

"거참, 웃기는 분이네. 내가 그렇게 할 일 없는 사람인 줄 아쇼? 그걸 물어보겠다고 여기까지 따라오게?"

삐딱한 말투.

'이런 개자식이!'

장한이 더 참지 못하고 신형을 날렸다. 들고 있던 검이 푸른 섬광을 발하며 뻗어 갔다.

일단 혼쭐을 내고 말을 들어 보리라. 그때도 어디 그딴 식으로 말하는지 보겠다, 이놈!

그런 마음이었다.

사운평은 날아드는 검과 장한을 보며 몸을 틀었다.

장한의 동작이 워낙 갑작스럽고 빨라서 시선이 따라가기 힘들 정도였지만, 그의 눈에는 상대 검의 동선이 훤히 보였다. 몸을 틀며 두어 걸음 옆으로 미끄러진 사운평이 옆구리의 칼을 잡아 뽑았다.

따다당!

검과 도가 부딪치면서 날카로운 격돌음이 연이어 울렸다.

장한은 검을 통해서 전해지는 강력한 충격에 미간을 찌푸리고서 뒤로 서너 걸음 물러섰다.

사운평도 두 걸음 물러선 후 장한을 향해 소리쳤다.

"미쳤소? 대화하다 말고 갑자기 왜 이러는 거요?"

몰라서 물어?

장한은 이를 으드득 갈고는 검을 움켜쥐었다.

그때 유수라 불렸던 청의 중년인이 나섰다.

"잠깐 기다려라, 종인."

장한은 이만 갈 뿐 더 이상 사운평을 공격하지 못했다.

그사이 청의 중년인이 두 걸음 앞으로 나서서 사운평을 보며 말했다.

"종인의 검을 쉽게 막아 내다니, 실력이 제법이군. 어디 할 말이 있으면 해 봐라. 우리가 어디서 왔는지 알아보는 것 외에 다른 목적이 있는 것 같다만."

사운평도 장난스런 말투를 그쯤에서 그만두었다.

유수라는 청의 중년인은 절정 고수였다. 장한처럼 대충 상대할 수 없는 자.

"물론 목적이 있죠."

"뭐냐?"

"사실 우리는 봉천문 사람이 되어 볼까 싶어서 봉천문에 갔던 사람들입니다. 그러다 봉천문에 조금 실망감이 들어서 생각을 바꾸려는데, 귀하들이 천의산장 사람들 같다는 말이 들리지 뭡니까? 그래서 귀하들이 나서는 걸 보고 따라온 겁니다."

"천의산장에 가입할 생각으로 따라왔단 말이냐?"

"그렇다고도 할 수 있죠."

"정말 그것이 이유의 전부란 말이지?"

"그게 아니면 뭐 하러 귀하들을 따라왔겠습니까?"

사운평이 별소리 다 듣는다는 듯 반문하자, 장한이 냉랭히 코웃음 쳤다.

"흥! 다른 목적이 있었는지도 모르지."

"불순한 의도가 있었다면 우리가 모습을 드러낸 채 따라오겠소? 몰래 숨어서 따라오지. 내가 그렇게 멍청한 줄 아쇼?"

장한의 얼굴이 붉어졌다. 그의 귀에는 사운평의 말이 마치 '내가 당신처럼 멍청한 줄 알아?' 그렇게 들렸다.

'이놈이 정말!'

그러나 조금 전의 일수 겨룸으로 사운평의 실력이 약하지 않다는 걸 알기에 곧바로 발작하지는 못했다.

대신 청의 중년인이 말했다.

"본 산장에선 외부인을 함부로 받지 않는다. 아무리 실력이 뛰어나도 정확한 신분이 증명되어야만 하지. 먼저 너의 이름과 사는 곳, 사문, 사부에 대해서 말해 봐라."

"이름은 운평입니다. 어려서부터 정주에서 살았죠. 근데 사문과 사부는 말하기가 애매한데, 꼭 다 말해야 하는 거요?"

"사실대로 말하지 않으면 본 산장에 들어올 수 없다."

"그게 말입니다. 무공을 가르쳐 준 분이 일찍 돌아가셨는데, 강호에 알려진 분도 아니고 사문이랄 것도 없어서 그러는 겁니다."

"그렇다면 본 산장에 들어올 수 없다. 아쉽겠지만 다른 곳을 알아보도록 해라."

"정 안 된다면 아쉬워도 어쩔 수 없죠. 그런데 따라가서 천의산장을 구경하는 것도 안 됩니까?"

"동행은 허락할 수 없다. 정 본 산장을 구경하고 싶거든 따로 찾아오도록 해라. 단, 허락 없이 가까이 접근하다가는 큰일 날 수도 있으니 조심해야 할 것이다."

청의 중년인은 마치 책을 읽듯이 감정이 없는 목소리로 말하고는 냉정하게 돌아섰다.

사운평은 멀어지는 천의산장 사람들을 묵묵히 지켜보았다.

유수(柳宿)는 이십팔수(二十八宿) 중 남방(南方)의 주작(朱雀) 칠수(七宿) 중 하나다.

주작 칠수는 동방의 청룡(青龍) 칠수, 북방의 현무(玄武) 칠수, 서방의 백호(白虎) 칠수와 더불어 이십팔수를 이룬다.

다시 말해 천의산장에 유수 같은 고수가 스물일곱이나 더 있다는 뜻.

더구나 유수 옆에 있던 백의 중년인 신분은 그보다 더 위인 듯했다. 은은하게 느껴지던 기운도 유수보다 더 강한 듯했고.

하긴 봉천문주 위정이 그를 동배처럼 대하지 않았던가.

그 정도의 고수는 또 몇 명이나 될까?

'지미, 생각했던 것보다 배는 더 무서운 곳 같네.'

가슴이 묵직해졌다.

현재로서는 천의산장이 가장 확실한 용의자였다. 문제는 천의산장이 진짜 범인일 때다. 자칫해서 역추적을 받게 된다면, 천의산장과 검천성에 평생 쫓겨 다니는 신세가 될 수도 있는 것이다.

'후우우, 일단 확인만 되면 손을 털어야겠어.'

사운평이 멀어지는 자들을 바라보며 속으로 한숨을 쉬고 있는데, 구광이 눈치를 보면서 나직이 물었다.

"정말 천의산장에 들어갈 생각이었나?"

그제야 사운평이 표정을 풀고 말했다.

"받아 준다면 한번 들어가 볼 생각이었죠. 도대체 어떤 곳이어서 검천성을 좌지우지하는지 궁금했으니까요."

"내가 알기로는, 한번 천의산장의 사람이 되면 죽기 전에는 나올 수 없다더군. 그래서 뽑을 때도 철저히 가려서 뽑는다고 들었네. 정말 들어가려면 단단히 각오해야 할 거야."

사운평도 천의산장에 대한 글을 읽어서 잘 알고 있는 내용이었다.

사문에 대해서 얼버무린 이유도, 말할 수 없었다기보다는 상대가 거부하기를 바라고 한 행동이었다.

그래도 일단은 모르는 것처럼 말했다.

"그래요? 큰일 날 뻔했군요. 저는 아직 한군데에 얽매이고 싶은 마음이 없는데 말입니다."

"그럼 이제 어떻게 할 건가?"

"좌우간 칼을 뽑았으니 호박이라도 잘라야죠. 어차피 마음먹은 김에 천의산장의 담장이라도 구경해야겠습니다."

*　　*　　*

사운평과 구광은 석양이 질 무렵이 되어서야 천의산장 근처에 도착했다. 헤어진 후로는 천천히 따라온 터라 천의산장 사람들은 적어도 이각 전에 산장 안으로 들어간 상태였다.

두 사람은 멀리 떨어진 언덕 위에서 천의산장을 바라보았다. 어스름이 지기 시작하면서 주위 경관이 흐릿하게 보였다. 그러나 사운평은 어스름 속의 풍경만으로도 감탄이 절로 나왔다.

천의산장은 큰 산이 삼면을 둘러싸서 호리병처럼 들어간 계곡 안에 있었다. 우거진 송림과 거대한 바위 암벽을 배경으로 늘어선 거대한 장원은 고풍스런 건물들이 주변 경치와 절묘하게 어우러져 있었다.

계곡 입구부터 산장의 정문까지는 마차 두 대가 지나갈 수 있을 정도로 길이 잘 닦여 있었다.

'저기가 천의산장이란 말이지?'

천의산장을 바라보는 사운평의 심장 박동이 차갑게 가라앉았다.

"정말 굉장하지? 전에도 봤지만 언제 봐도 정말 멋진 곳이야."

구광이 감탄한 표정으로 말했다.

"안에는 들어가 봤습니까?"

"정문까지밖에 못 갔네. 바로 쫓겨났지."

구광의 얼굴이 살짝 붉어졌다. 그러나 곧 표정을 펴고 웃었다.

"나는 나 자신을 잘 아네. 솔직히 무공에 대한 재능이 뛰어난 편은 아니야. 그래도 나름 자신 있는 분야가 있긴 하지."

사운평은 그 말을 듣고 문득 구광이 했던 말을 떠올렸다.

구광은 중원의 지리에 대해서 쫙 꿰고 있다는 말을 했다. 단순히 이 일대의 지리만을 말한 것이 아니라.

"세상을 많이 돌아다녔나 보죠?"

"정말 많이 돌아다녔지. 열세 살 때부터 이십 년 동안 쉴 새 없이 돌아다녔으니까."

"그럼 많은 것을 보고 들었겠군요."

"맞아. 덕분에 온갖 잡다한 것을 많이 알게 되었다네. 혼자 돌아다니다 보면 아는 것이 힘이 될 때가 있거든."

만구점의 이문이 들으면 좋아할 것 같다. 보물을 발견했다면서.

"그리고 어지간한 방언은 다 알아듣는다네."

"대단한데요?"

"대단하긴. 떠돌아다니다 보니 저절로 얻어진 것뿐인데."

말은 저절로 얻어졌다지만 그것도 자질이 뛰어나야만 가능한 일이다. 그리고 사실 구광은 정보 수집과 언어 방면에서 대단한 재능을 지니고 있었다.

그동안 험악한 인상에 가려져서 재능이 빛을 발하지 못한 것뿐.

사운평은 구광의 새로운 면을 발견하고 눈빛을 반짝였다.

'흠, 구 형이 있으면 일을 하기 훨씬 수월하겠군.'

그는 구광을 영입(?)하기로 작정하고 넌지시 제안을 던졌다.

"구 형, 당장 갈 곳이 없으면 저하고 같이 일을 해 보시지 않겠습니까?"

구광은 갑작스런 제안에 의아한 표정을 지었다.

"일이라니? 무슨 일인데?"

"사실 제 직업이 청부업자입니다. 구 형의 말씀을 들으니 청부업에 딱 적격이실 것 같군요."

"청부업?"

"남이 하기 어려운 일을 대신 해 주는 거죠. 물론 흑도의 양아치들이 하는 일과는 완전히 격이 다르죠."

솔직히 전에는 거의 같았다. 도도의 죽음 때문에 마음을 잡고 방향을 틀은 것뿐.

"그럼 이곳에 온 것도 그 일 때문인가?"

인상에 비하면 눈치가 제법 빠른 구광이다. 사운평은 그런 구광이 더욱 마음에 들었다.

"구 형이 함께하시겠다면 전부 말씀드리죠. 어차피 알아야 하니까요."

구광은 오래 망설이지 않았다.

왠지 청부업이라는 직업이 자신과 천생연분일 것 같았다.

"좋네. 이제부터 자네와 동고동락을 함께하겠네."

"하하, 잘 생각하셨습니다."

사운평은 일원이 된 구광에게 자신이 천의산장까지 오게 된 사정을 설명해 주었다.

구광은 그의 이야기를 듣고 눈이 동그래졌다.

"그게 정말인가?"

"그렇습니다. 아직 확실치는 않지만, 현재로선 천의산장이 가장 유력합니다."

사운평은 확정적인 대답을 피했다. 만에 하나 아닐 수도 있으니까.

그런데 구광이 굳은 표정으로 단호하게 말했다.

"아냐, 내가 봐선 천의산장이 분명하네."

"왜 그렇게 단언하십니까?"

"자네도 알다시피 봉천문은 그런 일을 저지를 능력이 없네. 그리고 일대 수백 리 안에서 그런 일을 저지를 만한 힘이 있는 곳은 천의산장밖에 없어. 다른 설명은 사족일 뿐이야."

구광은 모든 의문을 '사족(蛇足)'이라는 한 마디로 묻어 버렸다.

생각 외의 단호함에 사운평이 놀랄 정도였다.

이런 면도 있었나?

사운평은 갈수록 새로운 면이 드러나는 구광을 신기한 듯 바라보며 고개를 끄덕였다.

"저도 그럴 거라 생각하고 있습니다."

"그럼 이제 어떻게 할 건가?"

"일단은 천의산장에서 나오는 자들을 살펴볼 생각입니다. 하루 정도 살펴보다 보면 고수라 할 수 있는 자들도 밖으로 나오겠지요. 어쩌면 좀 더 일찍 나올 수도 있고요."

봉천문에 갔던 사절들이 급한 연락을 받고 돌아왔다.
천의산장에 급박한 일이 생겼다는 뜻이 아니겠는가.
그렇다면 간부급 인물 중 누군가가 외부로 나올 가능성이 컸다.

구광과 대화를 나누는 사이 사위가 어두워졌다.
천의산장의 곳곳에서 화톳불이 피어나기 시작했다.
굳게 닫힌 정문 앞에도 화톳불이 피워져 있고, 간혹 순찰 무사들이 그 주위를 오갔다.
사운평은 아예 철퍼덕 주저앉아서 천의산장을 지켜보았다.
그렇게 술시가 막 넘어갈 무렵, 정문이 열렸다.
"자네 생각이 옳은 것 같군."
구광이 나직하게 속삭였다.
정문이 열리고 무사 십여 명이 밖으로 나오고 있었다. 화톳불에 비친 움직임만 봐도 단순한 순찰 무사들과는 달랐다.
그들 중에는 행색이 다른 자들이 두엇 섞여 있었다. 거리가 먼데도 사운평은 그중 한 사람이 유수라는 걸 알아보았다.
그들은 곧장 길을 따라서 계곡을 빠져나갔다.
"따라가 보죠."
사운평이 나직이 말하며 자리에서 일어났다.
이슬이 내려 축축하게 젖은 머리칼과 눈빛이 달빛을 받아 싸늘히 반짝거렸다.

* * *

어둠 속에서 누군가를 따라간다는 것은 무척 조심스럽고 어려운 일이다. 더구나 상대가 고수라면 더욱더 주의해야 한다.

너무 가까이 가면 들킬 수 있고, 너무 거리가 멀어지면 놓칠지도 모르는 것이다.

너무 급해서도 안 되고, 긴장을 풀어서도 안 되고. 호랑이가 밤중에 먹이 사냥을 하듯이 조심스럽고 끈질기게 적의 체취를 놓치지 않고 따라가야 한다.

사운평은 자신이 배운 바대로, 구광은 오랫동안 강호를 돌아다닌 경험으로, 마치 실타래에서 풀어진 실로 연결되어 있는 것처럼 천의산장 사람들의 뒤를 밟았다.

천의산장 사람들은 근 한 시진을 쉬지 않고 달리듯이 빠르게 걸었다. 그러고는 오십여 리를 이동한 후에야 처음으로 휴식을 취했다.

사운평은 구광을 백여 장 떨어진 곳에 남겨 두고 혼자서 그들에게 접근했다. 이럴 때는 밤인 것이 더 나았다. 어둠을 이용해서 조금이라도 더 가까이 접근할 수 있으니까.

십 장 거리까지 접근한 그는 귀를 기울이며 청력을 끌어올렸다.

그때였다.

속삭이듯이 나누는 이야기 소리가 들렸다.

〈다음 권에 계속〉

DREAMBOOKS

DREAMBOOKS